国际儒学联合会教育系列丛书

丛书指导委员会主任 滕文生

总主编 钱逊 执行总主编 张岂之 李学勤 于建福

国际儒学联合会 国家教育行政学院国学教育研究中心 组编

千家诗

中华传统文化经典教师读本

（上册）

五绝五律

山东城市出版传媒集团·济南出版社

本书编著 耿建华

胜日寻芳泗水滨

无边光景一时新

等闲识得东风面

万紫千红总是春

半亩方塘一鉴开

天光云影共徘徊

问渠那得清如许

为有源头活水来

图书在版编目（CIP）数据

千家诗．上/耿建华编著．—济南：济南出版社，

2017.9

（中华传统文化经典教师读本）

ISBN 978 – 7 – 5488 – 2773 – 3

Ⅰ.①千…　Ⅱ.①耿…　Ⅲ.①古典诗歌—诗集—中国

Ⅳ.①I222.72

中国版本图书馆 CIP 数据核字（2017）第 220007 号

出　版　人	崔　刚
丛书策划	冀瑞雪
责任编辑	冀瑞雪
	冯文龙
图书审读	张圣洁
装帧设计	李海峰
	刘　畅

出版发行	济南出版社（250002）
地　　址	济南市二环南路1号
编辑热线	0531 – 86131747（编辑室）
发行热线	86131747　82709072　86131729　86131728（发行部）
印　　刷	日照昆城印业有限公司
版　　次	2018 年 1 月第 1 版
印　　次	2018 年 1 月第 1 次印刷
成品尺寸	185mm×260mm　16 开
印　　张	9.5
字　　数	130 千字
印　　数	1 – 5000 册
定　　价	46.00 元

（济南版图书，如有印装错误，请与出版社联系调换。联系电话：0531 – 86131736）

总序

　　党的十八大以来，以习近平同志为核心的党中央以高度的文化自信，大力倡导弘扬中华优秀传统文化。习近平同志指出："优秀传统文化是一个国家、一个民族传承和发展的根本，如果丢掉了，就割断了精神命脉"；"中华民族有着五千多年的文明史，创造和传承下来丰富的优秀文化传统"，"我们决不可抛弃中华民族的优秀文化传统，恰恰相反，我们要很好传承和弘扬，因为这是我们民族的'根'和'魂'，丢了这个'根'和'魂'，就没有根基了。"习近平同志的这些论述，是指导我们弘扬中华优秀传统文化，做好中华优秀传统文化的传承和教育工作的重要南针。近几年来，在习近平新时代中国特色社会主义文化建设思想指引下，国人文化自信得到彰显，中华优秀传统文化得以广泛弘扬，国家文化软实力和中华文化影响力大幅提升。

　　教育工作的光荣任务就是传授知识传承文化，而学校则是传授知识传承文化的主要场所。历史的经验反复说明，要做好教育工作，既取决于教师的文化知识积累和讲授水平，又取决于学校课程的合理设置和教材的编写质量。要做好传承中华优秀传统文化的教育工作，亦复如是。

　　习近平同志在谈到有关教材编写工作时指出："我很不赞成

把古代经典诗词和散文从课本中去掉，'去中国化'是很悲哀的。应该把这些经典嵌在学生脑子里，成为中华民族文化的基因。"2017年1月，中共中央办公厅、国务院办公厅颁布的《关于实施中华优秀传统文化传承发展工程的意见》，要求按照一体化、分学段、有序推进的原则，把中华优秀传统文化贯穿于启蒙教育、基础教育、职业教育、高等教育、继续教育各领域，以幼儿、小学、中学教材为重点，构建中华文化课程和教材体系，并要求实施中华文化经典诵读工程。教育部颁布的《完善中华优秀传统文化教育指导纲要》，要求从小学到大学，都要分学段由浅入深地贯穿中华优秀传统文化的教育，在小学、中学、大学的课程设置中要强化中华传统文化的教育内容；在教师培训、研修和资格考试中也要增加中华传统文化的内容，并要求修订中华传统文化的相关教材，组织编写中华优秀传统文化的普及读物。

从幼儿园、小学到中学和大学，各级各类学校的教师都需要具备基本的中华传统文化素养，方能成为传道、授业、解惑的"师者"。自己不懂，何以教人？"以其昏昏，使人昭昭"是不行的，正所谓"工欲善其事，必先利其器"。要提高教师的传统文化素养，编写一套供广大教师学习和传授的中华传统文化经典教师读本，很有必要，也是当前亟需的。为此，国家教育行政学院国学教育研究中心、国际儒学联合会联合济南出版社，共同推出这套《中华传统文化经典教师读本》系列丛书。

这套丛书第一辑包括《论语》（上下册）、《孟子》（上下册）、《大学》、《中庸》、《三字经》、《百家姓》、《千字文》、《弟子规》、《声律启蒙》、《龙文鞭影》共10种读本合12册，已由济南出版社出版发行。第二辑拟包括《周易》《诗经》《孝经》《孔子家语》《老子》《庄子》《荀子》《孙子兵法》《史记》《近思录》《传习录》《六祖坛经》《颜氏家训》《笠翁对韵》《千家诗》等读本，将由济南出版社陆续出版，并于2018年出齐。由于文本内容各异，在编写体例上也不尽相同。每册大致按照简介、原文、注释、大意、解读这样的体例进行编写。简介主要是抇要地介绍经典文本的基本情况；原文注重选择流传较广、认可度高的经典底本；注释、大意力求做到准确、精练和通俗易懂；解读是编者对经典文本的内容及其思想价值的综合理解和阐释。有的书中还设置了"教学引导""释疑解惑""成语探源""思考辨析""知识扩展""延伸阅读""生活实践"等栏目，为教师制定教学方案提供参考。

编写这样的教师读本，是一个新的尝试。是否符合需要，还要在教师的自修与教学实践中进行检验。令人欣慰的是，第一辑出版后，深受读者欢迎，也赢得多方好评。祈望广大教师和读者能把学习和使用这套丛书的体会与意见及时反馈给我们，以便进一步修订，使之能够真正成为广大教师爱读爱用之书。

"文化兴国运兴，文化强民族强。没有高度的文化自信，没有文化的繁荣兴盛，就没有中华民族伟大复兴。"具有里程碑意义的党的十九大确立的习近平新时代中国特色社会主义思想，为中华优秀传统文化传承发展提供了精神支柱和力量源泉。作为新时代学人，传承和发展中华优秀传统文化，恰逢其时，时不我待，任重道远。我们应按十九大报告提出的要求，深入挖掘和阐发中华优秀传统文化尤其是经典中蕴含的思想观念、人文精神、道德规范，结合时代要求继承创新，让中华文化展现出永久魅力和时代风采。

编委会

2017 年 12 月

目录

导读

　　康熙四十五年（1706 年），曹寅（曹雪芹祖父）刊行的
《楝（liàn）亭十二种》中收有《分门篡类唐宋时贤千家诗选》，
署作"后村先生编集"。"后村先生"，即南宋刘克庄，字潜夫，
自称后村居士。不过也有人认为诗集为坊间选家假其名而作。此
后坊间又出现了两种《千家诗》，分别为署名宋谢枋得选、明王
相注的《重定千家诗》（皆七言律诗）和王相选注的《新镌五言
千家诗》。后来书坊将两者合刊，即通行版本的《千家诗》了。

　　《千家诗》是我国古代带有启蒙性质的诗歌选本。因为它所
选的诗歌大多是唐宋时期的名家名篇，易学好懂，题材涉及山水
田园、赠友送别、思乡怀人、吊古伤今、咏物题画、侍宴应制
等，较为广泛地反映了唐宋时代的社会现实，所以在民间流传非
常广泛，影响也非常深远。《千家诗》虽然号称"千家"，实际
只录有一百二十二家。按朝代分：唐代六十五家，宋代五十二
家，五代一家，明代二家，无从查考年代的无名氏作者二家。其
中选诗最多的是杜甫，共二十五首，其次是李白，共八首；女诗
人只选了宋代朱淑真二首七绝。

　　《千家诗》中所选的都是律诗和绝句，大部分通俗易懂，诗
意天然，语言流畅，便于背诵，是青少年学生学习近体诗的启蒙
作品，也是古典诗歌爱好者的一本喜见读物。此书在编排上很有
特色。全书共分为五绝、五律、七绝、七律四大部分，每一部分

除了侍宴应制诗以外，大都按春夏秋冬四季排序。这有利于青少年学生根据季节变化去更好地领悟自然物境与诗境的统一。古代社会是农耕社会，人与自然的联系比现代社会更紧密。诗人对春去秋来、花开花落更加敏感，他们对大自然的感受都意象化地呈现在自己的诗作里。这些直接表现自然万物的诗作对于青少年学生认识自然、热爱自然、保护自然无疑会有潜移默化的作用。其中赠友送别、思乡怀人、吊古伤今的诗作也大都包含着美好的情感和向上的志趣，这对陶冶学生的情操也是十分有益的。其中的侍宴应制诗，反映了当时的宫廷和官场生活，虽然有陈腐的颂圣的弊病，但也有一定的认识价值。

绝句和律诗是近体诗，是古代的格律诗。通过读《千家诗》使广大教师对近体诗的格律能有直观的体验和了解，这对他们继承中国诗歌的优良传统，进而去学习和进行格律诗的创作也会有积极的推动作用。中华诗词是我国传统文化的瑰宝，绝句和律诗更是光照千古的宝石。在今天让更多的中小学教师学习诗词，对于继承和发扬中华民族的优秀文化传统，落实中华优秀传统文化教育，繁荣我们的诗词创作，也有重要意义。

卷
一

五
绝

　　五言绝句是绝句的一种，属于近体诗范畴，指五言四句而又合乎律诗规范的小诗，简称五绝。较之其他体制的诗歌，五言绝句在创作时，要求语言和表现手法更加简练、概括，因而其创作难度就更大，有"短而味长，入妙尤难"之说。五言绝句因凝练的语言和优美的意境而成为盛唐诗歌中最为璀璨的明珠，是唐诗中的精华。

春晓

孟浩然

chūn mián bù jué xiǎo
春 眠 不 觉 晓，

chù chù wén tí niǎo
处 处 闻 啼 鸟。

yè lái fēng yǔ shēng
夜 来 风 雨 声，

huā luò zhī duō shǎo
花 落 知 多 少。

◎ 作者简介

孟浩然（689—740），本名浩，字浩然。襄州襄阳（今湖北襄樊）人，世称孟襄阳。唐代著名的田园隐逸派和山水行旅派诗人。有《孟浩然集》三卷，今编诗二卷。代表作有《春晓》《过故人庄》《早寒江上有怀》《望洞庭湖赠张丞相》《晚泊浔阳望庐山》《送王昌龄之岭南》。诗风清淡自然，以五言古诗见长。

◎ 注释

①〔不觉晓〕不知不觉天就亮了。②〔处处〕时时。（在古诗文中，"处"常作"时，时候"讲。如岳飞《满江红》中"怒发冲冠，凭栏处、潇潇雨歇"的"处"，李白《秋浦歌》中"不知明镜里，何处得秋霜"的"处"，均作"时"讲。）③〔啼鸟〕啼叫的鸟儿，犹言鸟啼。

◎ 译文

诗人在春夜睡着了，天亮了也不知道，醒来只听到时不时地有鸟儿鸣叫。想起昨天夜里风雨声不停，花儿不知道被打落了多少。

◎ 赏析

这首诗是诗人隐居鹿门山时所作，是平起、首句入韵的仄韵五绝。

仄起平起以第一句第二字的平仄为准。本诗的韵字属仄声，归上声十七筱。五绝大多用平声韵，仄韵的较少。

诗人在春天的一个早晨醒来，时不时地听到鸟的叫声，想起昨夜里风雨声不停，花儿不知道被打落了多少。由此表达出作者爱春、惜春的感情。鸟儿的欢鸣声把春睡中的诗人唤醒，可以想见此时屋外已是一片烂漫的春光。接下来自然地转入诗的第三、四句：昨夜我曾听到一阵风雨声，花儿不知道被打落了多少。夜里这一阵风雨应该不是狂风暴雨，而是和风细雨，但是它却会摇落春花。"花落知多少"句中隐含着诗人对春花被摧落的惋惜之情。诗人通过听觉和想象创造意象，抒发情感，表达委婉含蓄。爱春、惜春的情感不是直接说出，而是让读者通过诗的意象和意境自己去体味。再加上语言明白晓畅、音调朗朗上口，自然会打动读者的心灵。

访袁拾遗不遇

孟浩然

luò yáng fǎng cái zǐ
洛阳访才子，

jiāng lǐng zuò liú rén
江岭作流人。

wén shuō méi huā zǎo
闻说梅花早，

hé rú cǐ dì chūn
何如此地春。

◎**注释**

①〔袁拾遗〕洛阳人，诗人的友人，姓袁。拾遗，官名，掌供奉讽谏的职务。②〔才子〕才德兼备的人。此处指袁拾遗。③〔江岭〕指大庾岭，位于今江西大余县和广东南雄市的交界处，是唐代流放罪人的地方。④〔流人〕

获罪被贬官流放的人。⑤〔梅花早〕大庾岭又名梅岭，因其地处南方，气候温暖，梅花开放得很早。⑥〔何如〕怎么比得上。⑦〔此地〕指洛阳。

◎ **译文**

我到洛阳拜访才子袁拾遗，他却成了流放到大庾岭的人。听说那里梅花开得很早，可怎么能比得上洛阳的春色呢！

◎ **赏析**

这是一首平起、首句不入韵的平韵五绝诗。孟浩然是襄阳人，到洛阳后就去拜访袁拾遗。"才子"暗用潘岳《西征赋》中"贾谊洛阳之才子"的典故，把袁拾遗与贾谊相比并，说明作者对袁拾遗景仰之深。但不巧的是，袁拾遗此时却作了"流人"，被流放到江岭去了。江岭，指大庾岭，又名梅岭，因其地处南方，气候温暖，梅花开放得很早，所以有三、四句："闻说梅花早，何如此地春。"尽管大庾岭梅花开得早，还是比不上洛阳的春天哪！全诗运用对比的手法，一是"才子"与"流人"对比。明明是栋梁之材，却不被重用，反而被当成罪人流放，多么令人惋惜呀！二是"江岭"与"此地"对比。江岭虽然梅花早开，但毕竟是偏远的流放之地，不能与洛阳相比，何况洛阳还有他的不少朋友。在这首因访友不遇引发的诗中，包含着惋惜、同情、愤怒的感情，但诗人却把这些感情隐藏在诗的意象中。这也许就是所谓的"不着一字，尽得风流"（司空图《诗品》）吧。

送郭司仓

王昌龄

映门淮水绿，

留骑主人心。

明月随良掾，

春潮夜夜深。

◎ 作者简介

王昌龄（698—757），字少伯，河东晋阳（今山西太原）人，又一说京兆长安（今陕西西安）人。盛唐著名边塞诗人，被后人誉为"七绝圣手"。王昌龄早年贫苦，主要依靠农耕维持生活，三十岁左右进士及第。初任秘书省校书郎，而后又担任博学宏词、汜水尉，因事被贬岭南。王昌龄与李白、高适、王维、王之涣、岑参等人交往深厚。开元末返长安，改授江宁丞，后因故遭贬，任龙标尉。安史乱起，为刺史闾丘晓所杀。其诗以七绝见长，尤以登第之前赴西北边塞所作边塞诗最著名，有"诗家夫子王江宁"之誉。王昌龄的诗绪密而思清，与高适、王之涣齐名。有文集六卷，今编诗四卷。代表作有《从军行七首》《出塞》《闺怨》等。

◎ 注释

①〔郭司仓〕诗人的朋友，姓郭。司仓是官名，为管理仓库的小官。②〔淮水〕即淮河。③〔留骑〕留客的意思。④〔骑〕坐骑。⑤〔良掾〕好官，此指郭司仓。掾，古代府、州、县属官的通称。

◎ 译文

月光下淮水翠绿的颜色映上大门，不希望你离去是我的真心。明月会追随你这个好官，我思念你的心绪会像夜夜春潮一样深。

◎ **赏析**

这是一首平起、首句不入韵的平韵五绝。诗人在一个春夜送朋友乘船远行，表现出依依不舍的深情。第一句说出门就是淮河，此时正是春天，淮河水映出两岸的树木，泛起绿色的春波。主人依依不舍地送朋友郭司仓离去，"留骑"就是留客，挽留他再住几天。郭司仓负责管理仓库，虽然是不入流的小官，却是个好官。客人执意要走，主人挽留不住，只好让自己的心与明月一起，随客人而去。最后一句说自己的思念就像春潮一样会夜夜加深。这首诗表达了诗人对朋友的深厚情感，意寓好人一路平安。诗人把自己的心意托付给明月和春潮，一路追随朋友而去，让读者为之动容。

洛阳道

储光羲

大　道　直　如　发，
dà　dào　zhí　rú　fà

春　日　佳　气　多。
chūn　rì　jiā　qì　duō

五　陵　贵　公　子，
wǔ　líng　guì　gōng　zǐ

双　双　鸣　玉　珂。
shuāng　shuāng　míng　yù　kē

◎ **作者简介**

储光羲（约706—763），唐代官员，山水田园诗派代表人物之一。开元十四年（726年）举进士，授冯翊县尉，转汜水、安宜、下邽等地县尉。因仕途失意，遂隐居终南山。后复出，任太祝，世称储太祝，官至监察御史。"安史之乱"中，叛军攻陷长安，被俘，迫受伪职。乱平，自归朝廷请罪，被系下狱，有《狱中贻姚张薛李郑柳诸公》诗，后贬谪岭南。

◎注释

①〔佳气〕指阳气，春天气温回升，生气蓬勃。②〔玉珂〕马勒上的玉器饰物。两勒相击而发声，故又叫"鸣珂"。

◎译文

洛阳城里的大道平直如伸展的头发，洛阳的春天有很多阳光明媚的日子。五处皇家陵园常有富家子弟去踏青，马匹上的玉饰双双发出叮当的声音。

◎赏析

这是一首仄起、首句不入韵的平韵五绝。诗歌描绘出洛阳大道的春天景象。洛阳城的大道平坦笔直，就像长长的头发。又赶上是春光明媚的好日子，富家子弟都成群结队出门去五陵胜地踏青。佩戴玉饰的马儿，轻快奔驰，玉饰发出清脆的声音。诗人写京城春日景色，不写花园，也不写宫阙，而写大道，这个角度很有意味。大道上应该有各色人等，但诗人只写"贵公子"。而写贵公子，又不描写他们的穿着打扮，只突出他们的马。这不能不佩服诗人用心的巧妙。马的佩饰都是贵重的玉器，那么贵公子的穿戴佩饰自然更加贵重，贵公子得意扬扬骑马的神态也就可以想见了。这真是高明的侧写，而讽喻的意味也就蕴含在诗句里了。

独坐敬亭山

李白

zhòng niǎo gāo fēi jìn
众 鸟 高 飞 尽，

gū yún dú qù xián
孤 云 独 去 闲。

xiāng kàn liǎng bú yàn
相 看 两 不 厌，

zhǐ yǒu jìng tíng shān
只 有 敬 亭 山。

◎ 作者简介

李白（701—762），字太白，号青莲居士，人称"谪仙人"。唐代伟大的浪漫主义诗人，被后人誉为"诗仙"。与杜甫并称为"李杜"。有《李太白集》传世，代表作有《望庐山瀑布》《行路难》《蜀道难》《将进酒》《越女词》《早发白帝城》等。

◎ 注释

①〔敬亭山〕在今安徽省宣城市北，原名昭亭山。山上旧有敬亭，为南齐谢朓吟咏处。②〔孤云〕片云。③〔两不厌〕指诗人和敬亭山而言。④〔厌〕厌烦。

◎ 译文

群鸟高飞，无影无踪，一片云独自飘浮，自在悠闲。你看我，我看你，彼此之间两不相厌的，只有我和眼前的这座敬亭山。

◎ 赏析

这是一首仄起、首句不入韵的平韵五绝。

诗开头两句出现了"众鸟"和"孤云"两个意象。鸟虽多，却都高飞尽了；云也只有一片。这两句看似写景，实则写心。在历经磨难之后，李白的心境已发生很大变化。很多人像高飞的鸟一样升官离去了，自己却像一片孤云仍在飘浮不定。众鸟和孤云构成了鲜明的对比，诗人孤独寂寞的情怀也就显现出来了。在这种寂寞的情绪之下，后两句说"相看两不厌"的只有敬亭山了。敬亭山位于安徽省宣城市区北郊，原名昭亭山，晋初为避武帝之父、文帝司马昭讳，改名敬亭山，属黄山支脉，东西绵亘十余里。有大小山峰六十座，主峰名"一峰"。南齐·谢朓《游敬亭山》称赞说："绿水丰涟漪，青山多绣绮。"但此时的李白却避开了绿水青山，只写自己与敬亭山的"一峰"默默相对，互不相厌。言外之意，是说自己已摆脱了令人生厌的人和事，只与这自然的山情投意合。这种孤寂凄凉的心境不是很清楚了吗？"一切景语皆情语"（王国维《人间词话》），此诗正当这样解。

登鹳鹊楼

王之涣

bái rì yī shān jìn
白 日 依 山 尽，

huáng hé rù hǎi liú
黄 河 入 海 流。

yù qióng qiān lǐ mù
欲 穷 千 里 目，

gèng shàng yì céng lóu
更 上 一 层 楼。

◎ 作者简介

王之涣（688—742），盛唐时期著名诗人，字季凌，绛州（今山西新绛）人。早年由并州迁居绛州，曾任冀州衡水主簿。其诗以善于描写边塞风光著称，名动一时。但他的作品现存仅有六首绝句，其中三首边塞诗。其代表作有《登鹳雀楼》《凉州词》等。章太炎推《凉州词》为"绝句之最"。

◎ 注释

①〔鹳鹊楼〕也叫鹳雀楼。原址在蒲州（今山西永济）西南。其楼三层，前瞻中条山，下临黄河，常有鹳雀栖息其上，故名。②〔白日〕太阳。③〔依〕依傍。④〔尽〕沉，落。⑤〔穷〕穷尽。⑥〔千里目〕极言其视野开阔。

◎ 译文

夕阳依傍着西山慢慢地沉落，滔滔黄河朝着东海汹涌奔流。要想把目光伸展到千里之外，那就要登上更高的一层城楼。

◎ 赏析

这是一首仄起、首句不入韵的平韵五绝，是唐代诗人王之涣仅存的六首绝句之一，是唐代五言诗的压卷之作。王之涣因这首诗而名垂千古，鹳雀楼也因此诗而名扬中华。这首诗写诗人在登高望远中表现出来的不凡的胸襟抱负，反映了盛唐时期人们积极向上的进取精神。据说王之涣作此诗时正值三十五岁壮年。诗的前两句写景，有咫尺万里的气势。诗人用对偶句写太阳依山落下，黄河入海奔流。楼前的落日依着远处连绵起伏的群山西沉，悠悠没尽；楼下的黄河波涛滚滚向东流去，终入大海。"白日依山尽，黄河入海流。"用短短十个字高度形象地概括了视野中的万里河山，境界极为高远。后两句写意，表现出诗人无止境探求的愿望，要想看得更远，就要"更上一层楼"。与前两句写景诗承接得十分自然、十分紧密，从而把人们引入更高的境界。这两句包含着朴素哲理的诗句，成为千古传诵的名句。

观永乐公主入蕃

孙逖

biān dì yīng huā shǎo
边地莺花少，

nián lái wèi jué xīn
年来未觉新。

měi rén tiān shàng luò
美人天上落，

lóng sài shǐ yīng chūn
龙塞始应春。

◎ **作者简介**

孙逖（tì）（696—761），唐代大臣、史学家，唐朝博州武水（今山东聊城）人。自幼能文，才思敏捷。曾任刑部侍郎、太子左庶子、少詹事等职。有作品《宿云门寺阁》《赠尚书右仆射》《晦日湖塘》等传世。

◎**注释**

①〔永乐公主〕开元五年（717年），唐玄宗封东平王外孙女杨氏为永乐公主，嫁于契丹首领李失活。②〔入蕃〕指嫁到少数民族地区。③〔莺花〕黄莺和春花。④〔龙塞〕边塞龙廷，指契丹首领居住之地。

◎**译文**

边塞之地鲜花、莺鸟都很少，新年到来也不觉得景色更新。永乐公主嫁到塞外，像美人从天上落下，这苦寒之地才开始有美丽的春天。

◎**赏析**

这是一首仄起、首句不入韵的平韵五绝。这首诗赞扬了和亲的永乐公主。和亲是指两个不同民族或同一种族的两个不同政权的首领之间，出于"为我所用"的政治目的所进行的联姻。尽管双方和亲的最初动机不全一致，但总的来看，都是为了避战言和，保持长久的和平。和亲的女子为了国家而做出了巨大牺牲。如汉代王昭君奉命出塞和亲，在匈奴生活了十多年，为国家安宁做出了贡献。唐代文成公主、金城公主曾先后入藏和亲，加强了唐朝与吐蕃（今西藏地区）之间的联系。这首诗中的永乐公主，也是和亲政策的执行者。她离开京城，远嫁苦寒边地，为大唐边疆的安定做出了贡献。前边两句描写契丹王生活的边远地区的荒寒。这里没有花香，也不闻莺啼，却常年有风沙和冰雪。即使是新年来到，也没有一点儿春天的影子。一位尊贵的大唐女子为了国家安宁，不得不远嫁到这荒僻之地。后两句赞扬永乐公主是天上落下的美人，将会给边塞带来春天。诗人称赞永乐公主的美，并不仅仅指她的外貌，还指她为国家利益甘愿牺牲的美好内心，并期待、祝愿她给边地带来春天。全诗以"春"贯串全篇。前两句说边地无春，鲜花和莺鸟都很少。后两句说因为永乐公主的远嫁，"始应春"。这就避免了抽象的议论，使全诗有了生动的意象。说"美人天上落"，既指公主从繁荣的大唐宫廷来到偏远的契丹，也夸赞了永乐公主像一位给边地带来春天的仙女，和亲这一政治事件也就被赋予了浓浓的诗意。

伊 州 歌

盖嘉运

dǎ qǐ huáng yīng ér
打 起 黄 莺 儿，

mò jiào zhī shàng tí
莫 教 枝 上 啼。

tí shí jīng qiè mèng
啼 时 惊 妾 梦，

bù dé dào liáo xī
不 得 到 辽 西。

◎ 作者简介

盖（gě）嘉运，盛唐开元时人。既是边将，也是诗人，深通音律，所制乐府曲调除《伊州歌》外，还有《胡渭州》《双带子》等，内容上多抒发征人久戍与行旅之情怀。本诗题日一作《春怨》，作者题为金昌绪。

◎ 注释

①〔伊州歌〕唐代乐府曲调名，西京节度使盖嘉运所进。②〔儿（兒）〕普通话读 ér，和啼（tí）、西（xī）不押韵；"如果按照上海的白话音念'儿'字，念如 ní 音（这个音正是接近古音的），那就谐和了。"（见王力：《诗词格律》，中华书局 2000 年版，第 4 页）。③〔妾〕古代妇女对自己的谦称。④〔辽西〕指辽河以西地区，唐时为征东军队驻扎之地。

◎ 译文

赶走树上的黄莺鸟，不许它在枝子上乱啼。啼叫时惊醒了我的梦，不能在梦里到辽西见亲人。

◎ 赏析

这应是一首使用乐府旧题的仄起、首句入韵的平韵五绝，是一首闺怨诗。古时男儿守边，女子待在家中，思夫就成为闺怨的主题。这首诗用女子口吻写出。第一句突兀而起，"打起"树上的黄莺鸟。接下去层层递进展开诗意：为什么"打起"它？是为了不让它在枝子上乱啼。为什么不让它啼？是因为啼叫惊了她的梦，使她不能在梦中见到在辽西守边的丈夫。写女子思念丈夫，却不直说，先从赶走莺儿说起，使诗意增加了曲折，最后揭出缘由，是因为怕黄莺惊醒了她思夫的好梦。丈夫远在边地守卫，妻子日夜思念，好不容易梦中相见，却被莺啼唤醒，岂不恼煞人也！所以才去打莺。一个"打"字，道尽了思妇的念想和苦恼。全诗用平白之语，从动作到心理，生动地揭示出思妇的内心世界。

左掖梨花

丘 为

lěng yàn quán qī xuě
冷 艳 全 欺 雪 ，

yú xiāng zhà rù yī
余 香 乍 入 衣 。

chūn fēng qiě mò dìng
春 风 且 莫 定 ，

chuī xiàng yù jiē fēi
吹 向 玉 阶 飞 。

◎作者简介

丘为（694—789？），唐代诗人，苏州嘉兴（今浙江嘉兴）人。累官太子右庶子。致仕，给俸禄之半以终身。事继母孝，曾有灵芝生堂下。年八十余，母尚无恙。卒年九十六。与刘长卿友善，其赴上都，长卿有诗送之，亦与王维为友。《全唐诗》收诗十三首。

◎ **注释**

①〔左掖〕唐时指称门下省。门下省位于大明宫宣政殿的左侧，相对于中书省位置而言，门下省被称为左省，亦称左掖。掖，指旁边。②〔冷艳〕形容梨花洁白如雪，冰冷艳丽。③〔欺〕胜过。④〔乍〕恰好，正好，刚刚。⑤〔玉阶〕玉石砌的精美台阶。此处借指皇宫。

◎ **译文**

梨花的艳丽清冷赛过雪花，它散发出的香气恰好侵入衣服中。春风请继续吹动它的花瓣，吹它们落入有玉阶的皇宫。

◎ **赏析**

这是一首仄起、首句不入韵的平韵五绝。诗人以左掖梨花喻己。首句写梨花洁白冷艳，赛过雪花。第二句说梨花散发出的香气恰好侵入衣服中。这两句看似说梨花，其实是在用梨花比喻自己有高洁的情怀和芬芳的德行。第三句说春风要不停地吹，意为让梨花的香气（喻指诗人自己的德行）传扬出去。最后一句说要传扬到皇宫的玉阶去，也就是说传扬到皇帝那里去，期望自己能得到提拔和重用。丘为德行的确不错，对继母很孝顺，他八十多岁时，继母还很健康。而他自己退休后仍享有俸禄之半以终身的待遇，一直活到九十六岁。丘为托物言志，用意象表达自己心中的愿望。清代唐汝询《汇编唐诗十集》中称赞此诗："调响语秀，咏物之神品。"

思君恩

令狐楚

xiǎo yuàn yīng gē xiē
小 苑 莺 歌 歇，

cháng mén dié wǔ duō
长 门 蝶 舞 多。

yǎn kàn chūn yòu qù
眼 看 春 又 去，

cuì niǎn bù céng guō
翠 辇 不 曾 过。

◎ 作者简介

令狐楚（766—837），唐代文学家。字壳士，自号白云孺子，宜州华原（今陕西耀州区）人，祖籍敦煌。贞元进士，与刘禹锡、白居易等有诗文来往，著名诗人李商隐出其门下。令狐楚擅长笺奏制令，每一篇成，人皆传诵。又工诗，长于乐府。《全唐文》录存其文六卷，《全唐诗》录存其诗五十九首。

◎ 注释

①〔小苑〕即小园，指宫中的小园林。②〔歇〕停止。③〔长门〕汉宫殿名。汉武帝时陈皇后失宠，被贬至长门宫居住，后遂用此来代指失宠宫妃所居住的内宫。④〔翠辇〕帝王坐的上有羽饰的车子。⑤〔过〕造访，经过。

◎ 译文

皇宫林苑中的黄莺歌唱之声歇止，长门宫前到处是飞舞的蝴蝶。眼看着大好的春光就要逝去，而皇帝的车驾却从不曾来过。

◎ 赏析

这是一首仄起、首句不入韵的平韵五绝诗。从题材上说，这是一首宫怨作品，诗中描写一个被皇帝遗弃，整日处于深帷中的宫人的寂寞心理。此诗成功地运用了反衬、比兴等手法，风格明丽而不繁密，清俏而不浮艳，浅显而不直露。这位被打入冷宫的宫女，在宫苑里寂寞度日。虽然外面春光明媚，但是她却听不见黄莺的欢鸣。一个"歇"字，点出春光即逝，宫人心里却依然是寒冬。"长门蝶舞多"言长门冷宫里茂盛的草花只迎来许多蝴蝶，却迎不来君王。蝶舞的热闹却更反衬出她内心的孤寂和悲凉。第三、四句说：眼看着大好的春光就要逝去，而皇帝的车驾却不曾来过。这两句诗表现了流年无情以及美人迟暮之感，也包含着她热切的希望与痛苦的失望。思君恩，君却不至，空怀希望，而终失望，内心的苦痛可想而知。

题袁氏别业

贺知章

主人不相识，
偶坐为林泉。
莫谩愁沽酒，
囊中自有钱。

◎ **作者简介**

贺知章（约659—约744），字季真，唐代诗人、书法家，越州永兴（今浙江萧山）人。其诗文以绝句见长，除祭神乐章、应制诗外，其写景、抒怀之作风格独特，清新潇洒。他的《咏柳》《回乡偶书》两首诗脍炙人口，千古传诵。但作品大多散佚，今尚存诗歌十九首，录入《全唐诗》中。

◎**注释**

①〔别业〕即别墅，指住宅以外另置的园林休息处及其建筑物。②〔主人〕即指别墅的主人。③〔林泉〕山林泉溪。④〔谩〕通"慢"。怠慢，轻视。⑤〔沽〕买。⑥〔囊〕衣袋。

◎**译文**

我和别墅主人没有见过面，偶然来坐坐欣赏林木和石泉。主人不要为买酒发愁，我口袋鼓鼓不缺打酒钱。

◎**赏析**

这是一首平起、首句不入韵的平韵五绝诗。此诗语言质朴、自然，风格散淡、潇洒，不拘形迹又十分风趣，诗人的形象栩栩如生，如在眼前。诗人偶然来到袁氏别墅中闲游，他和主人并没有见过面，因此怕主人轻慢责怪，就说：主人你不要为买酒发愁，我口袋鼓鼓不缺打酒钱。贺知章为人旷达不羁，自称"四明狂客"。他与人不识，就闯进人家别墅，不但要讨酒喝，还调侃主人不要为买酒发愁，其放达不羁的性格可见一斑。

夜送赵纵

杨 炯

zhào shì lián chéng bì
赵 氏 连 城 璧，

yóu lái tiān xià chuán
由 来 天 下 传。

sòng jūn huán jiù fǔ
送 君 还 旧 府，

míng yuè mǎn qián chuān
明 月 满 前 川。

◎作者简介

杨炯（650—692），华州华阴（今陕西华阴市）人，唐代诗人。与王勃、卢照邻、骆宾王并称"初唐四杰"。他自幼聪明好学，博涉经传，尤爱学诗文。唐高宗显庆四年（659年），10岁的杨炯应神童试登第，待制弘文馆。上元三年（676年），再应制举试及第，补授校书郎。永淳元年（682年），中书侍郎薛元超推荐他为弘文馆学士，后迁太子詹事司直。后调盈川，卒于任所，因此后人称他为"杨盈川"。

◎注释

①〔赵纵〕作者的朋友，郭子仪之婿，曾任太仆卿、户部侍郎等职。②〔连城璧〕价值连城的美玉。据《史记·廉颇蔺相如列传》记载，战国时期，赵惠文王得到了楚国的和氏璧，秦昭王知道后，想用十五座城池来交换这块美玉，所以称之为连城璧。后来以"连城璧"代指十分珍贵之物，这里用来比喻赵纵。③〔旧府〕赵纵的故乡在山西，是古代赵国所属的地方，即连城璧的故土，所以称为"旧府"。

◎译文

赵国的和氏璧价值连城，自古以来人人称赞。今晚送你回赵州故乡，月光如水，洒满了前川。

◎赏析

这首仄起、首句不入韵的平韵五绝，是一首送别诗。赵纵居赵地，诗人为他送别，很自然地联想到战国时赵惠文王那块和氏璧的故事，所以开头两句即写到名闻天下的连城璧。这两句明写连城璧，实则暗喻赵纵是像连城璧一样名传天下的珍贵人才。第三句写赵纵此行是回归故里，点明了本诗主题。第四句点出送行的时间是在夜里，地点是在水边。"明月满前川"，暗示这是一次光明的回归。一个"满"字还包含着满满的情意。"满前川"，这是诗人预祝赵纵前程光明。诗人以物喻人，把情意寄托于明月之上，含蓄委婉地表达了对朋友的称赞。全诗熔叙事、写景于一炉，巧妙运用典故，把物与人叠合起来，比兴得体，语言明白晓畅，形象鲜明可感。

竹里馆

王维

dú zuò yōu huáng lǐ
独 坐 幽 篁 里，

tán qín fù cháng xiào
弹 琴 复 长 啸。

shēn lín rén bù zhī
深 林 人 不 知，

míng yuè lái xiāng zhào
明 月 来 相 照。

◎ 作者简介

王维（701—761），字摩诘，世称王右丞。盛唐时期著名诗人、画家。精通音律，崇信佛教，晚年居于蓝田辋川别墅，长斋禅诵，有"天下文宗""诗佛"的美称。其诗大多为歌咏山水田园、隐居生活之作，继承和发扬了谢灵运开创的山水诗而独树一帜，使山水田园诗的成就达到了一个新的高峰，成为盛唐山水田园诗派的代表人物。

◎ 注释

①〔竹里馆〕辋川别墅胜景之一，房屋周围有竹林，故名。②〔幽篁〕幽深的竹林。篁，竹林。③〔长啸〕撮口发出长而清越的声音。古代一些超逸之士常用这种方式来抒发感情。

◎ 译文

独自闲坐在幽静的竹林里，弹琴并且发出长啸。密林中无人知晓我在这里，只有一轮明月静静与我相照。

◎ 赏析

这是一首仄起、首句不入韵的仄韵五绝。此诗描绘了诗人月下独坐、弹琴长啸的情形，创造出清幽宁静、高雅绝俗的禅学境界。首句说他独自坐在幽深的竹林里。竹子是"岁寒三友"之一，幽雅的竹子是清雅文人的最爱，王维把别墅建在竹林里，可见他对竹子的喜爱。他在夜里坐在竹林里弹琴并用口哨发出长长的清越之音，琴声和长啸声在幽静的竹林里传送得格外清晰悠远，与周围的环境融合在一起。幽深的竹林里无人前来，只有天上的明月才是他的知音，用明亮的光辉照着他孤独的身影。这是一种什么境界呢？寂静而有声，幽暗而光明。但二者是有主次之分的。琴声和啸声是幽寂的反衬，月光越明也就反衬得竹林越幽深。幽和寂正是这首诗的主调。修禅的人心境也必是如此。排除凡间俗念，心静如水，独自倾听自己内心的声音。他为什么不在白天弹琴长啸，而是在夜里独坐竹林中边弹边啸呢？因为他所追求的就是空寂，也许只有在深夜幽深的竹林中，他才能更清晰地感知自己的内心，从而更接近禅思吧。月夜幽林之景空明澄净，在其间弹琴长啸之人也万虑皆空，外景与内情无间地融为一体。此诗从自然中见至味、从平淡中见高韵，它自然、平淡的语言恰到好处地创造出诗歌幽寂的美学意境。

送朱大入秦

孟浩然

yóu rén wǔ líng qù
游 人 五 陵 去，

bǎo jiàn zhí qiān jīn
宝 剑 直 千 金。

fēn shǒu tuō xiāng zèng
分 手 脱 相 赠，

píng shēng yí piàn xīn
平 生 一 片 心。

◎ 注释

①〔朱大〕作者的朋友，姓朱，排行第一，故称朱大。②〔入秦〕进入秦地，这里代指进入长安。③〔游人〕离家远游的人。此处指朱大。④〔脱〕解下来。⑤〔平生〕平素。

◎ 译文

朱大你要到长安去，我有宝剑价值千金。临别时把宝剑解下来送给你，以表示我平生对你的一片诚心。

◎ 赏析

这首平起、首句不入韵的平韵五绝是一首送别诗。朱大是孟浩然的朋友，孟浩然送他到长安去，临别时写下这首诗。首句"游人五陵去"紧扣题目：游人指游侠之人、漫游之人，表明朱大是一个富有侠气的义士。与孟浩然同时代的诗人陶翰在《送朱大出关》中说："楚客西上书，十年不得意。平生相知者，晚节心各异。长揖五侯门，拂衣谢中贵……拔剑因高歌，萧萧北风至……努力强加餐，当年莫相弃。"正是朱大形象的写照。接下去写诗人在朱大临行时，将一把价值千金的宝剑赠给了朱大。宝剑价值千金，可见其珍贵，但却"分手脱相赠"，毫不犹豫地赠送出去，这正应了"宝剑赠壮士"的古语。一个"脱"字，写出了二人之间惺惺相惜的深厚友谊。孟浩然不以千金宝剑为贵，他送出的是"平生一片心"。肝胆相照的友谊不是比价值千金的宝剑更为珍贵吗？可见，诗人孟浩然也具有豪侠之气。《新唐书·文艺传》说他"少好节义，喜振人患难"，这首诗正是一个明证。

长干行

崔颢

jūn jiā hé chù zhù
君家何处住？

qiè zhù zài héng táng
妾住在横塘。

tíng chuán zàn jiè wèn
停船暂借问，

huò kǒng shì tóng xiāng
或恐是同乡。

◎ **作者简介**

崔颢（704？—754），汴州（今河南开封）人。唐代诗人。唐开元年间进士，官至太仆寺丞，天宝中为司勋员外郎。最为人称道的作品是《黄鹤楼》，据说李白为之搁笔，曾有"眼前有景道不得，崔颢题诗在上头"的赞叹。他秉性耿直，才思敏捷。其作品激昂豪放，气势宏伟，被编为《崔颢集》。《全唐诗》收录其诗四十二首。

◎ **注释**

①〔长干行〕属乐府《杂曲歌辞》调名。长干，即长干里，地名，在今江苏南京，是当年船民集居之所。崔颢有《长干曲》四首，记述了长干里船家的生活。②〔横塘〕在今江苏南京江宁区。

◎ **译文**

请问你的家在何方？我家住在建康横塘。停下船暂且借问一声，听口音恐怕咱们是同乡。

◎ **赏析**

这首五绝袭用乐府《杂曲歌辞》中的旧题《长干行》，属平起、首句不入韵的平韵诗。这首诗以一个女子的问话展开全篇：这位女子乘船来到这里，听见一个男子的说话声，好像是乡音，就急忙发问："君家何处住?"不待对方回答，便接着说："妾住在横塘。"这两句诗生动地展现出一个在旅途中幸遇同乡而迫切打听消息的女子形象。画外之音则折射出女子旅途的寂寞和对家乡的思念。他乡听得故乡音，女子不由得喜出望外。她唯恐失去这个和同乡交流的机会。正因为如此，她才"停船暂借问，或恐是同乡"。诗人不仅在诗中重现了女子的声音、笑貌，而且由此表现出她的个性和内心。这是由四首诗组成的组诗之一，这首诗后面还有男子的回答。民歌中本有男女对唱的传统，在《乐府诗集》中称为"相和歌辞"。这首诗继承了前代民歌的遗风，以素朴真率见长，写得清新自然。

咏 史

高 适

shàng yǒu tí páo zèng
尚 有 绨 袍 赠，

yīng lián fàn shū hán
应 怜 范 叔 寒。

bù zhī tiān xià shì
不 知 天 下 士，

yóu zuò bù yī kān
犹 作 布 衣 看。

◎**作者简介**

高适（约700—765），字达夫、仲武，唐朝渤海郡（今河北景县）人，后迁居宋州宋城（今河南商丘睢阳）。唐代边塞诗人，曾任刑部侍郎、散骑常侍、渤海县侯，世称高常侍。高适与岑参并称"高岑"，有《高常侍集》等传世。其诗笔力雄健，气势奔放，洋溢着盛唐时期所特有的奋发进取、蓬勃向上的时代精神。开封禹王台五贤祠即专为高适、李白、杜甫、何景明、李梦阳而立。后人又把高适、岑参、王昌龄、王之涣合称"边塞四诗人"。

◎ 注释

① 〔绨袍〕用粗布做成的长袍。② 〔范叔〕范雎（？—前255），字叔，战国时期魏国人。著名政治家、军事谋略家，因封地在应城，所以又称为"应侯"。他上承孝公、商鞅变法图强之志，下开秦皇、李斯统一帝业，是秦国历史上继往开来的一代名相，也是我国古代在政治、外交等方面极有建树的政治家、谋略家。

◎ 译文

像须贾这样的奸人尚有赠绨袍举动，但只是同情范雎的贫寒。须贾不知道范雎是豪杰之士，而只把范雎当成普通百姓看待。

◎ 赏析

这是一首仄起、首句不入韵的平韵五绝。在题材上，这是一首咏史诗。高适通过写须贾赠送范雎绨袍的故事来反映现实，表达了对有才华的贫寒人士得不到同情、重视的悲愤情绪。开头两句说历史上范雎的一段故事。诗中的"寒"，不能简单地理解为寒冷，而应有贫寒、穷困潦倒的意思。"尚有"与"应怜"相连接："尚有"，写出须贾赠袍时的那种怜悯心态，他并不以为范雎能够飞黄腾达，更没有看出范雎已经贵为秦相，由此可见须贾只是一个凡夫俗子，没有识别人才的眼光。"不知天下士，犹作布衣看。"这两句写须贾并不知道范雎是已贵为秦相的"天下士"，还把他当成平民看待。诗人在这里借题发挥，意在讽刺世上尚有须贾那样徒有怜寒之意而无识才之眼的人，实在可悲可叹。诗中的"天下士"，就是国士，即杰出的治国之士。诗人少年落魄，虽然没有遭受范雎那样的奇耻大辱，但也没少遭受达官贵人的白眼和冷嘲热讽，没有人在他尚未发迹的时候把他当作人才来看。因此诗人借范雎之事批判了这种糟蹋人才、埋没人才的社会现象，同时，也间接地表明自己要做"天下士"的抱负和志向。这首诗夹叙夹议，鞭挞了须贾之辈的平庸，表达了怀才不遇的苦闷之情。诗人借"绨袍"之典，写出自己的真实感受，有一字千钧之力。

罢相作

李适之

bì xián chū bà xiàng
避 贤 初 罢 相 ，

lè shèng qiě xián bēi
乐 圣 且 衔 杯 。

wèi wèn mén qián kè
为 问 门 前 客 ，

jīn zhāo jǐ gè lái
今 朝 几 个 来 ？

◎作者简介

李适之（694—747），原名昌，祖籍陇西成纪（今甘肃秦安）。唐代宗室、宰相，恒山王李承乾之孙。早年历任左卫郎将、通州刺史、秦州都督、陕州刺史、河南尹、御史大夫、幽州节度使、刑部尚书。天宝元年（742年），担任左相，封清和县公。他与李林甫争权，不敌落败，被罢为太子少保，后贬宜春太守。性嗜酒，与李白、张旭、贺知章等合称为"饮中八仙"。

◎注释

①〔避贤〕让位于贤能的人。此处是作者罢相后自嘲之语。②〔乐圣〕一语双关，一指喜欢酒。典出《三国志·魏书·徐邈传》：当时魏国禁酒，徐邈私饮，以至于沉醉，不理政事。他称酒醉为"中圣人"，又称清酒为"圣人"，

浊酒为"贤人"。作者喜欢饮酒，故称"乐圣"。圣，代指美酒。一指让皇帝高兴。"圣"指皇帝。③〔衔杯〕饮酒。④〔为问〕试问。

◎ **译文**

我辞去相位而让给贤者，天天举着酒杯开怀畅饮。请问过去常来我家做客的人，今天还有几个前来？

◎ **赏析**

这是一首平起、首句不入韵的平韵五绝。也是一首充满反语、俚语和双关语的讽刺诗。诗的前两句的意思是，自己的相职一罢免，就可以给贤者让路，自己就可以尽情饮酒了。"避贤"，意思是给贤者让路。"乐圣"是双关语，这里有两个意思，一是称皇帝为圣上，二是用三国时徐邈话语，称清酒为"圣人"。所以"乐圣"的意思是说，既让皇帝高兴，也满足自己爱喝酒的愿望。诗中把惧奸说成"避贤"，罢相说成"乐圣"，有说反话的意味，曲折双关。但终究是弱者的讥刺，有难言的苦衷。前两句说明设宴庆贺罢相的理由，后两句是关心亲故来赴宴的情况。这在结构上顺理成章，而用口语写问话，也生动有趣。但宴庆罢相，事已异常，所设理由，又属遁词。因此，尽管李适之平素"夜则宴赏"，天天请宾客喝酒，但"今朝几个来"，确乎成了问题。宴请的是亲故宾客，大多是知情者，懂得这次赴宴可能得罪李林甫，惹来祸害。敢来赴宴，便见出胆识与情义。这对亲故是考验，于作者为慰勉，对权奸则为示威，甚至还意味着嘲弄至尊。这一问暗示了宴庆罢相的真实原因和性质，使前两句闪烁不定的反语变得倾向明显，令有心人一读便知。杜甫《饮中八仙歌》写到李适之时特地称引此诗，有"衔杯乐圣称避贤"句，可算知音。

逢侠者

钱 起

燕赵悲歌士，

相逢剧孟家。

寸心言不尽，

前路日将斜。

◎ **作者简介**

钱起（722？—780），字仲文，吴兴（今浙江湖州）人。唐代诗人。早年数次赴试落第，唐天宝十载（751年）进士。他是"大历十才子"之一，也是其中最杰出者，被誉为"大历十才子之冠"。又与郎士元齐名，称"钱郎"，当时有"前有沈宋，后有钱郎"之说。

◎ **注释**

①〔侠者〕即剑客，又叫游侠。古时指重信誉、轻死生，勇于帮助别人的豪侠之士。②〔燕赵〕燕赵两国均为周代诸侯国，列于战国七雄之中。③〔悲歌士〕即慷慨悲歌的豪侠之士。④〔剧孟〕据《史记》记载，剧孟是雒阳（在今河南洛阳东）一带有名的豪侠。⑤〔斜〕古音读 xiá，和现代上海话"斜"字的读音一样。所以，虽然"家"和"斜"在现代不是同韵字，但在唐代则是同韵字。

◎ **译文**

燕赵两地多慷慨悲歌的侠士，今天我们相逢于侠士剧孟的故乡。心中不平之事向你诉说不完，前面路上只有将要西斜的太阳。

◎ **赏析**

这首仄起、首句不入韵的平韵五绝，是一首因路遇侠者而写的赠别诗。开头两句，用"燕赵悲歌士"，借以比拟所遇见的侠者。战国时期，燕、赵两个诸侯国出了许多勇士，因此后人就用燕赵人士指代侠士。高适诗句"拂衣去燕赵，驱马怅不乐"，就是对燕赵刺客的悲壮大义表示同情与敬佩。著名的荆轲刺秦王应该是家喻户晓的故事了，而荆轲就是燕国太子派出的刺客。"剧孟"本人是雒阳（在今河南洛阳东）人，素有豪侠的名声。杜甫诗句"剧孟七国畏，马卿四赋良"（《入衡州》），说的就是剧孟武艺的高强。这里"剧孟家"也用来指代洛阳。"相逢剧孟家"，则是说他们两人相逢于洛阳道中。后面两句是说相逢时彼此倾心交谈，天下该有多少不平的事说不完哪，可是太阳又快要落山了。前路漫漫，只好恋恋不舍地分手而别了。这样写既抒发了作者心中的不平，也表露了对侠士的倾慕之情。

江行望匡庐

钱 起

zhǐ chǐ chóu fēng yǔ
咫 尺 愁 风 雨，

kuāng lú bù kě dēng
匡 庐 不 可 登。

zhǐ yí yún wù kū
只 疑 云 雾 窟，

yóu yǒu liù cháo sēng
犹 有 六 朝 僧。

◎注释

①〔咫尺〕极言距离之近。咫，古代的长度单位，周制一咫为八寸。②〔匡庐〕即庐山。位于今江西九江境内。相传殷、周时，此处是匡氏七兄弟的隐居之所，当主人羽化成仙后，唯庐犹存，故名庐山。③〔云雾窟〕云雾笼罩的寺庙或洞窟。④〔六朝〕指三国时的吴国和随后的东晋、宋、齐、梁、陈，因先后定都于建康（今江苏南京），历史上合称六朝。当时佛教盛行，名山胜水广布寺庙。

◎译文

风雨中的庐山使我发愁，近在咫尺却不能攀登。怀疑云雾缭绕的洞穴之中，还居住着六朝时期的高僧。

◎赏析

这是一首仄起、首句不入韵的五绝。开头两句说庐山近在咫尺，却无法攀登。近在咫尺，本是极易登临，说"不可登"，为什么呢？这是因为船至庐山脚下，却为风雨所阻，不能登山。"不可登"三字写出"风雨"逼人的气势，"愁"字则透出了诗人因风雨之阻不能领略名山风光的愁情。一般说来，描写名山大川的诗歌，作者多从写形或绘色方面去命笔；此诗却另辟蹊径，以新奇的想象开拓了诗的意境："只疑云雾窟，犹有六朝僧。"庐山为南朝佛教胜地，当时很多高僧寄居其间。仰望庐山高峰，云雾缭绕，不禁使诗人浮想联翩：那匡庐深处，烟霞洞窟，也许仍有六朝高僧在隐身栖息吧。此种亦真亦妄的浪漫情趣，更增添了匡庐的神奇色彩。第三句中的"疑"字用得极好，写出了山色因云雨笼罩而给人的似真似幻的感觉，从而使读者随诗句展开浪漫想象。"只疑"和"犹有"，在虚幻的想象中又加入似乎真实的判断。本诗以诗人江上船中所见的庐山意象，表现了其内心的高远情致。写法上，虚实交织，把庐山写得迷离奇幻，是一首别开生面的山水诗佳作。

答李浣

韦应物

lín zhōng guān yì bà
林 中 观《易》罢，

xī shàng duì ōu xián
溪 上 对 鸥 闲。

chǔ sú ráo cí kè
楚 俗 饶 词 客，

hé rén zuì wǎng huán
何 人 最 往 还？

◎ 作者简介

韦应物（737—792），长安（今陕西西安）人。唐代山水田园诗派诗人，后人每以"王孟韦柳"并称。因出任过苏州刺史，世称"韦苏州"。其山水诗景致优美，感受深细，清新自然而饶有生意。传有十卷本《韦江州集》、两卷本《韦苏州诗集》、十卷本《韦苏州集》。散文仅存一篇。诗风恬淡高远，以善于写景和描写隐逸生活著称。

◎ 注释

①〔李浣〕作者的朋友，当时在楚地（今湖北、湖南一带）为官，与作者有诗相赠。②〔观《易》〕详看《易经》。《易》，指《易经》。秦始皇"焚书坑儒"时，被丞相李斯说是卜筮之书而幸免于难，是一本被儒家尊为群经之首的经书，用阴阳互动的现象来说明"常"与"变"的道理。③〔饶〕多。④〔词客〕词人墨客，指擅长写文章的人。

◎ 译文

在林子里看过一段《易经》之后，悠闲地来到溪边与鸥鸟相对。自古以来楚地词人墨客最多，有谁最能和你默契地交往聚会？

◎**赏析**

这首平起、首句不入韵的平韵五绝，是诗人回答朋友问询的三首中的最后一首。诗人用平铺直叙的方式，告诉好友生活作息的情形。用林中观《易》，溪上对鸥，巧妙地暗示他的生活平静而又闲适，否则不可能有心情观《易》对鸥。叙述完自己的近况后，诗人笔锋一转，开始关心好友的境遇。首先他以"楚俗饶词客"来安慰好友来到楚地的乡愁，虽然离乡背井，但是却能遇到一群志趣相投的朋友，也就无憾了。最后用"何人最往还"来表达他的关怀，并引导话题，让诗人与李浣之间话题不断，友谊也就不断。白居易曾赞赏韦应物的五言："其五言诗，又高雅闲淡"（《与元九书》）。作答诗本身是一件雅事；诗中问到楚地文士的情况，在趣致上也是雅趣。这首诗看似用了平淡的口吻，但是心中对朋友的牵挂与关心还是很深的。诗的开头告诉李浣自己的现状，意思应该是不让朋友牵挂；随后也表达了希望李浣慎重交友，多多向楚地的文士学习之意。这是善意的忠告，由此表达出对朋友的关切之情。

秋风引

刘禹锡

hé chù qiū fēng zhì
何处秋风至，

xiāo xiāo sòng yàn qún
萧萧送雁群。

zhāo lái rù tíng shù
朝来入庭树，

gū kè zuì xiān wén
孤客最先闻。

◎ 作者简介

刘禹锡（772—842），字梦得，河南洛阳人。诗文俱佳，涉猎题材广泛，与柳宗元并称"刘柳"，与白居易合称"刘白"，又与韦应物、白居易合称"三杰"，有《陋室铭》《竹枝词》《杨柳枝词》《乌衣巷》等名篇。其哲学著作《天论》三篇，论述天的物质性，分析"天命论"产生的根源，具有唯物主义思想。有《刘梦得文集》，存世有《刘宾客集》。

◎ 注释

①〔引〕文学或乐曲体裁之一，有序奏之意，即引子、开头。②〔萧萧〕拟声词，指风声。③〔孤客〕被贬而客居他乡的人。此处为作者自指。④〔闻〕听到。

◎ 译文

秋风不知从哪里吹来，萧萧风声送走了南飞的大雁。清早秋风吹到庭中的树木上，孤独的旅人最先听到它的声音。

◎ 赏析

这是一首仄起、首句不入韵的平韵五绝。此诗表面写秋风，实际却是在感叹自己的际遇，抒发了诗人孤独、思乡的感情。其妙处在于不从正面着笔，始终只就秋风做文章，而结句曲折见意，含蓄不尽。首句"何处秋风至"，就题发问，而通过这一起势突兀、下笔飘忽的问句，也显示了秋风"不知其来、忽然而至"的特征。如果进一步推寻它的弦外之音，这一问，可能还暗含怨秋的意思。秋风之来，既无影无迹，又无所不在，它从何处来、去到何处，本是无可究诘的。这里虽以问语出之，而诗人的真意原不在追根究底，接下来就宕开诗笔，以"萧萧送雁群"一句写所闻的萧萧风声和所见的随风而来的雁群。这样，就化无形之风为可闻可见的意象，从而把不知何处至的秋风绘声绘影地呈现在读者面前。"萧萧"的悲凉之声和雁群的缥缈之影也衬托出诗人的心境。后两句"朝来入庭树，孤客最先闻"，把笔触从秋空中的"雁群"移向地面上的"庭树"，再集中到独在异乡的"孤客"，由远而近，推至诗人自己。"朝来"句既承接首句的"秋风至"，又承接次句的"萧萧"之声，似回答了篇端的发问。它说明秋风的来去虽然无处可寻，却又附着它物而随处存在，此刻风动庭树，木叶萧萧，则无形的秋风分明已经近在庭院、来到耳边了。诗写到这里，写足了作为诗题的"秋风"。最后一句才画龙点睛，说秋风已为"孤客"所闻，写出了心中的羁旅之情和思归之心。

秋夜寄丘员外

韦应物

huái jūn zhǔ qiū yè
怀 君 属 秋 夜，

sàn bù yǒng liáng tiān
散 步 咏 凉 天。

kōng shān sōng zǐ luò
空 山 松 子 落，

yōu rén yīng wèi mián
幽 人 应 未 眠。

◎ **注释**

①〔丘员外〕名丹，苏州人。曾拜尚书郎，后隐居临平山上。员外，官名。②〔怀君〕怀念你。君，指丘丹。③〔属〕适值，正好。④〔幽人〕即隐士，高旷幽隐之人。此处指丘丹，当时他正入山修道。

◎ **译文**

在这深秋的夜晚将你怀念，边散步边咏叹寒凉的霜天。想此刻空山中正有松子落下，隐居的友人一定还未安眠。

◎赏析

这首平起、首句不入韵的平韵五绝是一首怀人诗。前两句写诗人自己，后两句写正在临平山修道的丘丹，即诗人所怀念之人。首句"怀君属秋夜"，点明是秋天夜晚，而这"秋夜"之景与"怀君"之思，正是彼此衬映的。次句"散步咏凉天"，承接自然，而紧扣上句。"散步"与"怀君"相照应，"凉天"与"秋夜"相吻合。这两句写出了作者因怀人而在凉秋之夜徘徊沉吟的情景。接下来，作者的诗思飞驰到了远方。第三句"空山松子落"，遥承"秋夜""凉天"，是从眼前的凉秋之夜，推想临平山中今夜的秋色。第四句"幽人应未眠"，则遥承"怀君""散步"，是从自己正在怀念远人、徘徊不寐，推想对方应也未眠。"空山"既写出山居的空寂，又写出友人的孤独。这两句出于想象，既是从前两句生发，又是对前两句诗情的深化。从整首诗看，作者运用写实与虚构相结合的手法，使眼前景与意中景同时并列，使怀人之人与所怀之人两地相连，进而表达了异地相思的深情。刘勰在《文心雕龙·神思篇》中曾说："文之思也，其神远矣。故寂然凝虑，思接千载；悄焉动容，视通万里。"这说明文思是最活跃的，是不受时空限制的。在本诗中，作者将同一时间点的两个不同的空间呈现在读者面前，使读者既看到怀人之人，也看到被怀之人，既看到作者身边之景，也看到作者遥想之景，从而把异地相隔的人和景紧密地连在一起，表现出故人虽远在天涯，而相思却近在咫尺的寓意。

秋 日

耿沣

fǎn zhào rù lǘ xiàng
返照入闾巷，

yōu lái shuí gòng yǔ
忧来谁共语？

gǔ dào shǎo rén xíng
古道少人行，

qiū fēng dòng hé shǔ
秋风动禾黍。

◎ **作者简介**

耿沣（wéi），字洪源，河东（今山西永济）人。唐代诗人。生卒年及生平均不详，"大历十才子"之一。登宝应元年（762年）进士第，官右拾遗。工诗，与钱起、卢纶、司空曙诸人齐名。其诗不事雕琢，而风格自胜。今存诗二卷。

◎ **注释**

①〔返照〕即落日的余晖。②〔闾巷〕古时以二十五家为一闾。后来称居民所住的区域为闾里或闾巷。③〔黍〕高粱和稻谷，泛指庄稼。

◎ **译文**

夕阳返照在街巷中，我的忧愁能向谁去倾诉？古道上少有行走的人，只有秋风吹动着田里的禾黍。

◎ **赏析**

这首仄起、首句不入韵的仄韵五绝，是一首抒发感伤情绪的咏史怀古诗。这首诗以朴素自然的语言，从静态的景物开始，又以动态的景物结束。其间由景而情，又由情而景，以景结情。这种写法使诗意余象外，蕴藉隽永。诗一开始从写静态的景入笔：一抹夕阳的余晖斜照在残

36

破的街巷上。凄凉的秋暮景色，不禁使诗人触景伤情。诗人希望有人能来听他诉说心中的忧伤，可是环顾四周，竟空无一人，没有谁能来听自己倾诉。这两句诗，景中有情，情随景生。诗人以朴素简练的语言，点染出自己面对残垣断壁的空城时的悲哀，而"返照入闾巷"的空城，就更浓重地渲染出作者悲凉的心情。诗的后两句从近景引向远景：古道上少有行走的人，只有秋风吹动着田里的禾黍，发出凄凉的声音，愈发使人愁绪纷乱，心情悲伤。这里"秋风动禾黍"一句还暗含深沉的黍离之悲。《诗经·王风·黍离》诗序说："周大夫行役至于宗周，过故宗庙宫室，尽为禾黍。闵周室之颠覆，彷徨不忍去而作是诗也。"作者借禾黍意象抒发了昔盛今衰的无限惆怅之感。诗人在后两句诗中虽无一字言"忧"，而"忧"意早已溢出言外。

秋日湖上

薛莹

luò rì wǔ hú yóu
落日五湖游，

yān bō chù chù chóu
烟波处处愁。

fú chén qiān gǔ shì
浮沉千古事，

shuí yǔ wèn dōng liú
谁与问东流？

◎**作者简介**

薛莹，晚唐诗人，生平事迹不详。有诗集《洞庭集》传世。

◎**注释**

①〔五湖〕这里指太湖。②〔烟波〕水波浩渺，远远望去好像笼罩着一

层烟雾一般。③〔浮沉〕指国家的兴亡治乱。④〔千古事〕指春秋吴越争霸，以及六朝兴替之事。

◎ **译文**

　　黄昏时我乘船在太湖上漫游，烟波迷茫处处惹人忧愁。千古兴亡治乱浮浮沉沉，谁还问湖水为什么向东流？

◎ **赏析**

　　这是一首仄起、首句入韵的平韵五绝，描写了诗人秋日泛舟游览太湖的情形，流露出诗人对现实无可奈何的心情。这首诗开头一句写出了诗人秋日泛舟闲游的时间、地点，言简意赅；紧接着第二句道出了太湖上的景致，同时也烘托出诗人的心境。这两句既写景，又抒情，情由景生，景带情思，情景交融。尤其一个"愁"字，直抒胸臆，点出了诗人的情怀。"烟波"意象既写出日暮时湖上的景色，也点出心中浮沉的苍凉。后两句"浮沉千古事，谁与问东流"，"浮沉"紧承"烟波"意象，意指千古兴亡治乱浮浮沉沉，谁还问湖水为何向东流？太湖古来就是征战之地，春秋时吴国和越国，是相邻的两个诸侯国，都在今江苏、浙江一带，同太湖有着密切的联系。因此，诗人泛舟湖上，秋风萧瑟，落日烟波，触目所见，处处皆可生愁。身临此境，最易令人发生感慨的，自然是历史上"吴越争霸"的故事了。经过多年的较量，吴国灭亡而越国称霸，都已成为往事陈迹，所以说是"浮沉千古事"，早已付诸东流，没有谁来问了。全诗流露出诗人对现实无可奈何的心情。然而，现在湖波依旧，往日的是是非非、恩恩怨怨却已灰飞烟灭。"尔曹身与名俱灭，不废江河万古流""是非成败转头空"，奸雄和豪杰俱随湖水东流而去了。诗中既含有道家的出世思想，又展示出作者清风明月般的胸怀。此诗的妙处在于虚与实、景与情相互融合，密不可分。

宫中题

李 昂

niǎn lù shēng qiū cǎo
辇 路 生 秋 草，

shàng lín huā mǎn zhī
上 林 花 满 枝。

píng gāo hé xiàn yì
凭 高 何 限 意，

wú fù shì chén zhī
无 复 侍 臣 知。

◎ 作者简介

李昂（809—840），即唐文宗，初名李涵，唐穆宗次子。唐敬宗宝历二年（826年）即位，在位十四年。文宗当政之时，宦官专权。大（太）和九年（835年），文宗发动"甘露之变"，事败，为宦官仇士良等软禁，后抑郁而死。

◎ 注释

①〔辇路〕皇宫中供皇帝车驾行驶的车道。②〔凭高〕登高。③〔何限意〕无限的心思。④〔无复〕不再让。⑤〔侍臣〕近侍之臣。

◎ 译文

宫中的车道边长起秋草，御花园里仍然花开满枝。登上高山心中有无穷的心思，而不用再让侍臣们得知。

◎ 赏析

这是一首仄起、首句不入韵的平韵五绝。从诗的内容上看，这首作品大概写于"甘露之变"以后。前两句说：宫中的车道边长起秋草，御花园里仍然花开满枝。路边的秋草意象和上林苑里的繁花意象成为鲜明对比。秋草既不美丽，又不茂盛，只是平平凡凡的野草，而且还生长在不起眼儿的道路边。秋风一过，它只能随风而倒，全没有自主的能力，而上林苑里的繁花则仍得意地开满枝头。这两句看似在写宫中的景色，其实是暗指自己虽是皇帝，但也不过是个傀儡而已。后面两句诗显示出唐文宗的骨气：登上高山心中有无穷的心思，却不再让侍臣们得知自己想什么。唐文宗要隐藏自己的心思，不让宦官知道。他心中的理想是按照自己的意愿掌握实权，而不是做一棵依附于宦官的墙头草。这首诗的意象营造很有特点，作者选择了富有宫廷特点的意象，如辇道、上林苑、侍臣等，这些意象正是宫中人生活的写照。

寻隐者不遇

贾 岛

sōng xià wèn tóng zǐ
松 下 问 童 子，

yán shī cǎi yào qù
言 师 采 药 去。

zhǐ zài cǐ shān zhōng
只 在 此 山 中，

yún shēn bù zhī chù
云 深 不 知 处。

◎ **作者简介**

贾岛（779—843），字阆仙，人称"诗奴"，又名"瘦岛"，自号"碣石山人"。唐代诗人。河北道幽州范阳县（今河北涿州）人。有《长江集》十卷，录诗三百七十余首，另有小集三卷、《诗格》一卷传世。

◎ **注释**

①〔隐者〕隐居的人，即隐士。②〔童子〕指隐者的侍童。③〔言〕（童子）说。④〔不知处〕不知道到哪里去了。

◎ 译文

在松树下问隐士的童子，童子说师傅在深山采药。他就在这座大山中，云雾深深不知去了哪里。

◎ 赏析

这是一首仄起、首句不入韵的仄韵五绝。此诗首句写寻者问童子，后三句都是童子的答话，诗人采用了寓问于答的手法，表现出寻者对隐者的钦慕和敬仰之情。诗中以白云比隐者的高洁，以苍松喻隐者的风骨。遣词通俗清丽，白描无华，是一篇难得的言简意丰的佳作。首句"松下问童子"，从字面上说作者寻访隐者未得，于是向童子询问，但实际上却暗示隐者傍松结茅，以松为友，展示了隐者高逸的生活情致。后面三句都是童子的回答，包含着诗人的层层追问，意思层层递进，言约意赅，令人回味无穷。第二句童子回答"言师采药去"，说明这个隐者是在隐逸生活中悟道、养生与采药的高士，采药是他隐逸生活的一部分。采药要去深山，自然就不遇了。第三句童子进一步回答"去哪里采药"，说"他就在这座大山中"。这好像给了寻找者希望。但第四句回答"云雾深深不知去了哪里"，就让寻者又陷入了迷雾中。此时，大山之高峻，云雾之深杳，隐者之神逸，蓦然呈现出来。隐者虚虚实实，宛若云中游龙，若隐若现，给人一种扑朔迷离之感，充分呈现了隐者的风神。寻者由惆怅而期冀（从不遇到知在此山中），由期冀转而进入更深一层的惆怅，流露出终不可及的慨喟。此诗以问答成诗，语言通晓简洁，但境界却很高远，其中也隐含着诗人隐遁出世的意愿。

汾上惊秋

苏颋

běi fēng chuī bái yún
北 风 吹 白 云，

wàn lǐ dù hé fén
万 里 渡 河 汾 。

xīn xù féng yáo luò
心 绪 逢 摇 落，

qiū shēng bù kě wén
秋 声 不 可 闻 。

◎作者简介

苏颋（tǐng）（670—727），字廷硕，京兆武功（今陕西武功）人，袭封许国公。唐代政治家、文学家。苏颋是初盛唐之交时著名文士，与燕国公张说（yuè）齐名，并称"燕许大手笔"。他任相四年，以礼部尚书罢相，后出任益州长史。开元十五年（727 年），苏颋病逝，追赠尚书右丞相，赐谥文宪。

◎注释

①〔汾〕即汾水，是黄河的第二大支流，发源于山西省宁武县。②〔心绪〕心情，心境。③〔摇落〕草木凋零，树叶纷纷飘落的样子。此处借以指秋天。④〔秋声〕秋风吹过，发出萧瑟之声。⑤〔不可闻〕不愿意听，不忍心听。

◎译文

北风吹卷着涌动的白云，我在汾水渡船中去往万里之外。心绪伤感惆怅，又逢草木摇落，我再也不忍听这萧瑟的秋风。

◎赏析

这首平起、首句入韵的平韵五绝，在题材上是一首颇具特色的即兴咏史诗。此诗前两句化用了汉武帝《秋风辞》的诗意。相传汉武帝在汾上获黄帝所铸宝鼎，因祀后土，并渡汾水饮宴赋诗，作《秋风辞》。诗云："秋风起兮白云飞，泛楼船兮济河汾。"开元十年（722年），唐玄宗听张说之言，谓汾阳有汉后土祠，其礼久废，应修复祭祀。开元十一年二月，唐玄宗在汾阴祀后土，诗人从行并写了《汾上惊秋》。他当时正处于一生最失意的时候，出京外任，恰如一阵北风把他这朵白云吹到万里外的汾水之上，诗人在内心深处感到惊恐。但诗人又何尝不是被唐玄宗修祠并亲往祭祀的行为所惊呢？帝王劳民伤财的荒唐之举，与国何益？但他又不能公开批评皇帝。这两句诗在关切国家的隐忧中交织着个人失意的哀愁。诗的后两句明确地表达了诗人复杂纷乱的心情。"摇落"用《秋风辞》中"草木黄落"句意，又同出宋玉《九辩》："悲哉秋之为气也，萧瑟兮草木摇落而变衰"。此即以草木凋零喻指萧瑟天气，也喻指自己暮年失意的境遇。"秋声"指北风，其声肃杀，所以"不可闻"。听了这肃杀之声，只会使愁绪更纷乱，心情更悲伤。诗人受到历史启示，隐约感到某种忧虑，然而他不敢明说，也无可奈何，因此只能用朦胧笔法表达。

蜀 道 后 期

张 说

客心争日月，
来往预期程。
秋风不相待，
先至洛阳城。

◎作者简介

张说（yuè）（667—730），字道济，一字说（yuè）之。盛唐诗人。洛阳（今属河南）人。累官至凤阁舍人、中书令、尚书左丞相等，封燕国公。工文，与苏颋（封许国公）齐名，掌朝廷制诰著作，人称"燕许大手笔"。其诗质朴凄婉。著有《张燕公集》二十五卷。

◎注释

①〔后期〕犹言延期，迟于预定的日期。②〔争日月〕与日月相争，有抓紧时间、争分夺秒之意。说明客人的急迫心情。③〔预期程〕预先算定旅程的期限。犹言客人珍惜时间。④〔不相待〕不肯等待。

◎译文

我客游在外同时间竞争，来往都预先规划好行程。可秋风却不肯等待我，自个儿先到了洛阳城。

◎赏析

这首平起、首句不入韵的平韵五绝，是张说在校书郎任内出使西川时写的。首句言客游在外，分秒必争地工作。一个"争"字既说任务紧迫，又说出想早日回家的心情。第二句说来往都预先规划好了行程。后两句却突然一转，说秋风比我还急，不肯等我就早早回到了洛阳城。实际上是说自己办事脱期，不能按时返回。这首诗用秋风意象代替了诗人的回家之思，用具象化的手法表现出内心情感。"秋风不相待"看起来是在埋怨秋风，其实是在埋怨使他脱期的事和人。但这种埋怨的情绪，表现得委婉而含蓄，怨而不怒，正是诗歌的境界。诗人将内心的焦急、担忧、埋怨都隐藏在诗歌意象之中，确是高手。

静夜思

李 白

chuáng qián míng yuè guāng
床 前 明 月 光，

yí shì dì shàng shuāng
疑 是 地 上 霜。

jǔ tóu wàng míng yuè
举 头 望 明 月，

dī tóu sī gù xiāng
低 头 思 故 乡 。

◎**注释**

①〔静夜思〕在静静的夜晚所引起的思念。②〔床〕井上木栏。③〔举头〕抬头。

◎**译文**

井栏前洒落皎洁的月光，好像是地上铺满银霜。抬头望着天上的明月，低头思念久别的故乡。

◎**赏析**

这是一首平起、首句入韵的平韵五绝。此诗描写了秋日夜晚，诗人于庭院抬头望月的所感。首句写夜晚井栏边洒满银色月光，诗人踏着月光就像踏着地上的白霜。这两句写出了月光的皎洁，也暗示这天正是月圆时分。接下去说诗人抬头看见天上的圆月，不禁低头思念故乡。月圆的时节，最容易引起与家人团聚的乡思。水井也是容易引发乡思的意象。诗中用"床"即井栏代指水井，由水井前的月光引出抬头望月和低头思乡的举动也就顺理成章，十分自然。"举头望"是因为地上月光明亮而引发，"低头思"则是因为明月引起了乡思。四句诗起承转合非常自然流畅，因此诗歌的节奏和韵律也十分舒缓流畅。这首诗平白如话，朗朗上口，语言清新朴素而意味无穷，传达出人们月下思乡的普遍情感。

秋浦歌

李 白

白发三千丈，

缘愁似个长。

不知明镜里，

何处得秋霜？

◎ **注释**

①〔秋浦歌〕秋浦，唐代银和铜的产地之一，在今安徽贵池西。②〔缘〕因为。③〔似个〕似这般。④〔处〕时，时候。

◎ **译文**

白发飘起有三千丈，因为我的愁思和它一样长。不知道明镜里的头发，从什么时候染上了厚厚的白霜？

◎ **赏析**

这首仄起、首句不入韵的平韵五绝，是唐代诗人李白的组诗《秋浦歌十七首》中的第十五首。《秋浦歌十七首》创作于唐玄宗天宝年间作者再游秋浦时，本诗是组诗中流传最广的一首。"白发三千丈，缘愁似个长"，突兀而来。"三千丈"的白发是因愁而生，因愁而长。愁生白发，人所共晓，而夸张为长三千丈，则是为了形容愁思极为深长。李白是浪漫主义诗人，他常用夸张的比喻，营造动人的意象，如"燕山雪花大如席"（《北风行》）。这些夸张的意象，既符合喻体的本质特点，又展现出李白的大胆狂想，不能不使人惊叹诗人的气魄和笔力。古典诗词里写愁的取譬很多，如唐·李群玉云"请量东海水，看取浅深愁"（《雨夜呈长官》），宋·李清照说"只恐双溪舴艋舟，载不动许多愁"（《武陵春》）。李白独辟蹊径，以"白发三千丈"喻愁之深长。三、四句以秋霜代指白发，白霜还有寒凉肃杀的感情色彩。第三句的"不知"，不是真不知。这两句问语愤激痛切，重心落在"得"字上。如此深愁，从何而"得"？诗人半生壮志难申，因此而愁生白发，鬓染秋霜。写这首诗时，李白已经五十多岁了，壮志未酬人已老，岂能不愁苦？所以揽镜自照，触目惊心，于是才有"白发三千丈"的愁吟，从而引起千百年来人们的共鸣和感叹。

赠乔侍郎

陈子昂

hàn tíng róng qiǎo huàn
汉 廷 荣 巧 宦 ，

yún gé bó biān gōng
云 阁 薄 边 功 。

kě lián cōng mǎ shǐ
可 怜 骢 马 使 ，

bái shǒu wèi shuí xióng
白 首 为 谁 雄 ？

◎ 作者简介

陈子昂（约659—700），字伯玉，梓州射洪（今四川射洪）人。初唐著名诗人，文学家。唐睿宗文明元年（684年）进士，官至右拾遗，后世称为陈拾遗。他论诗标榜汉魏风骨，反对齐梁绮靡文风，所作诗歌以三十八首《感遇诗》最为出名，诗风质朴浑厚，风骨峥嵘，寓意深远，苍劲有力，受到杜甫、韩愈、元好问等后代诗人的高度评价。有《陈伯玉集》传世。

◎注释

①〔乔侍郎〕作者的友人。侍郎，官名。②〔汉廷〕汉朝廷。这里暗指唐朝廷。③〔巧宦〕指那些玩弄权术、善于钻营的官员。④〔云〕指云台。东汉永平年间，汉明帝为追念汉室中兴时期的功臣，绘二十八位名将于南宫之云台，以示表彰，此即历史上著名的"云台二十八将"。⑤〔阁〕指麒麟阁，为汉初萧何所造的楼阁。汉宣帝时绘霍光等十一人之像于阁上。后泛指画有功臣画像的楼阁。⑥〔薄〕轻视。⑦〔骢马使〕指汉代的桓典。桓典为御史时，执法严正不阿，因他常骑骢马（毛色青白相杂的马），人称骢马御史。此处指代戍守边地、劳苦功高的将领。

◎译文

汉代朝廷给了玩弄权术的奸佞之辈很多荣耀，却不重视边境将领的赫赫战功。可怜那位耿直廉明的骢马使桓典，满头的白发又是为了谁而生？

◎赏析

这是一首平起、首句不入韵的平韵五绝。诗人借汉代事对唐代玩弄权术的官员及漠视功臣的君王进行了批判，使用典故表达自己的政治见解是这首诗的突出特点。这首诗是赠给朋友乔侍郎的，真实地表达了诗人对权奸和君王的不满。首句说"汉廷荣巧宦"，汉廷暗指唐廷，一个"荣"字，描绘出权奸的得意和荣耀，"巧"字则表现出"巧言令色，鲜矣仁"（《论语·学而》）的权奸嘴脸。这些权奸能获得荣耀，也说明君王很宠幸他们。第二句则用了汉代云台和麒麟阁典故。汉代皇帝不忘中兴的功臣和开边的名将，可是现在呢？君主却不重视边境将领的赫赫战功。一个"薄"字勾画出当朝君王的荒诞。阿谀奉迎的权奸享受尊荣，奋战边关的将士却被漠视，一"荣"一"薄"，对比何其鲜明！三、四两句用汉代桓典典故。汉代桓典耿直廉明，得到重用，而当朝那些像桓典一样劳苦功高的将领却得不到重视，这难道不是朝廷的弊病吗？用汉代典故，指斥当朝，表现了诗人的铮铮风骨。这些典故，有代表意义，有说服力，在诗里起到画龙点睛的作用，也有力地表达了诗人的观点和情感。

答武陵太守

王昌龄

zhàng jiàn xíng qiān lǐ
仗 剑 行 千 里，

wēi qū gǎn yì yán
微 躯 敢 一 言。

céng wéi dà liáng kè
曾 为 大 梁 客，

bú fù xìn líng ēn
不 负 信 陵 恩。

◎ **注释**

①〔答武陵太守〕作者离开武陵（今湖南常德）时，武陵太守设筵相送，作者以诗答谢。②〔微躯〕微贱的躯体，作者自谦之词。③〔大梁〕战国时魏国都城（今河南开封）。④〔信陵〕指战国时期魏国的信陵君，曾养食客三千人，以礼贤下士闻名于世。

◎ **译文**

我即将带剑去千里之外，微贱的我冒昧地向您进一言：战国时曾在大梁做过门客的人，都没有辜负信陵君。（我在武陵受到您的提携，也决不忘记您对我的恩情。）

◎ **赏析**

这是一首仄起、首句不入韵的平韵五绝。王昌龄离开武陵将返金陵，武陵太守设筵相送，诗人以诗答谢。答是古时的敬称。第一句"仗剑行千里"是告别辞，说明诗人即将远行；第二句"微躯敢一言"，用谦辞表达对太守的谢意和尊敬；三、四两句用典故表露自己的心意。大梁是战国时魏国的都城。魏国的信陵君曾养食客三千人，以礼贤下士闻名于世，因此，门客们都很愿意为信陵君效力。诗中的"大梁客"是诗人用来比喻自己的，后面的"信陵恩"指的是太守对他的恩德。用贤德先人的典故写诗，最能发挥五言诗简洁的长处。这首诗用典故表明诗人自己的心意，将忠心委婉地表达出来，既准确又简洁，又能引起人们的历史联想，丰富了诗歌内容。这就是诗歌用典的作用。同时，由于运用了信陵君的典故，诗人一腔侠义之情与那时信陵君门客的豪杰侠士重叠，表现得淋漓尽致，展现了一个颇有英雄豪气的诗人形象。

行军九日思长安故园

岑参

qiǎng yù dēng gāo qù
强 欲 登 高 去，

wú rén sòng jiǔ lái
无 人 送 酒 来。

yáo lián gù yuán jú
遥 怜 故 园 菊，

yīng bàng zhàn chǎng kāi
应 傍 战 场 开。

◎**作者简介**

岑参（约715—770），唐代边塞诗人，南阳人。唐太宗时功臣岑文本重孙，后徙居江陵。岑参早岁孤贫，从兄就读，遍览史籍。天宝三载（744年）进士。岑参工诗，长于七言歌行，代表作是《白雪歌送武判官归京》。岑参对边塞风光、军旅生活，以及少数民族地区的文化风俗有亲切的感受，故其边塞诗尤多佳作。风格与高适相近，后人多并称"高岑"。有《岑参集》十卷，已佚。今有《岑嘉州集》七卷（或为八卷）行世。现存诗三百六十首，《全唐诗》编为四卷。

◎ **注释**

①〔行军〕行营。②〔九日〕即阴历九月九日重阳节。③〔故园〕故乡。岑参曾居长安八九年，因此称长安为故乡。④〔登高〕古代习俗，重阳之日，人们携亲友登高、饮酒、赏菊。⑤〔送酒〕此处用东晋陶渊明的典故。有一年重阳节，陶渊明无酒可饮，只好闷坐在宅边菊丛之中。幸而江州刺史王弘送酒来，这才尽醉而归。⑥〔怜〕怜惜，悯惜。⑦〔应傍〕应该挨着。⑧〔战场〕时长安仍在叛军手中，沦为战场。

◎ **译文**

九月九日重阳佳节，我勉强登上高台，在这战时的行营中，没有谁能送酒来。我沉重地遥望故乡长安，那里的菊花应在战场边寂寞地绽开。

◎ **赏析**

这首仄起、首句不入韵的平韵五绝，是一首非同寻常的怀乡诗。古人常在九月九重阳之日，携亲友登高、饮酒、赏菊，但这个九月九日却是在边塞军营中到来的。首句"强欲登高去"，一个"强"字表现出不愿为之而又不得不为之的心情。平时登高饮酒怀乡是雅事，但在战场上、在边疆却有了不一样的意义。长安不仅是故园，还是国都，而诗人在军中担负的是守边卫国的使命，因此，这次登高就不仅是平常意义的想念家乡了。第二句用"无人送酒来"承接，暗用了陶渊明的典故。诗人在这里感叹自己身在军营，无人来给送酒。接下来笔锋一转，说遥远故园的菊花开得正盛，而自己却看不到。其实看不到的并不仅仅是故园的菊花，亲人、朋友还有和平安宁的生活都很遥远。最后一句说故园的菊花却在战场边寂寞地开放。至此，此次登高已经突破了单纯的惜花和思乡，而寄托着诗人对千万饱经战争忧患的人民的同情、对国事的忧虑，也寄托着为国而战的决心。

51

婕妤怨

皇甫冉

huā zhī chū jiàn zhāng
花 枝 出 建 章 ，

fèng guǎn fā zhāo yáng
凤 管 发 昭 阳 。

jiè wèn chéng ēn zhě
借 问 承 恩 者 ，

shuāng é jǐ xǔ cháng
双 蛾 几 许 长 ？

◎ **作者简介**

皇甫冉（约718—约771），字茂政，润州丹阳（今江苏镇江）人。唐代诗人。先世居甘肃泾州。天宝十五载（756年）进士。曾官无锡尉，大历初入河南节度使王缙幕，终左拾遗、右补阙。其诗清新飘逸，多漂泊之感。

◎ **注释**

①〔婕妤（jié yú）〕这里指汉代的班婕妤，班固的祖姑。她曾得到汉成帝的宠幸。赵飞燕姐妹入宫后，她失宠，自请到长信宫侍奉太后。②〔建章〕宫名。③〔昭阳〕汉代宫殿名。④〔花枝〕喻美丽的嫔妃宫女。⑤〔凤管〕乐器名。⑥〔承恩〕受皇上宠爱。⑦〔双蛾〕女子修长的双眉。借指美人。

◎ **译文**

花枝招展的宫女走出建章宫，昭阳宫传来阵阵箫管声。请问你们这些得到皇帝恩宠的人，美貌能够保存多少年？

◎ **赏析**

这是一首平起、首句入韵的平韵五绝。此诗借用了《婕妤怨》旧题。《婕妤怨》指《乐府诗集·相和歌辞十八·班婕妤》。《乐府解题》曰："《婕妤怨》者，为汉成帝班婕妤作也。婕妤，徐令彪之姑，况之女。美而能文，初为帝所宠爱。后幸赵飞燕姊弟，冠于后宫，婕妤自知见薄，乃退居东宫，作赋及《纨扇诗》以自伤悼。后人伤之而为《婕妤怨》也。"又因班婕妤失宠后，奉养太后于长信宫，故唐人乐府又名《长信怨》。这首诗以一个失宠宫妃的眼光和口吻，写她见到一个新得宠的宫妃的得意场面后所产生的心理活动，借此抒发自己郁郁不得志的情怀。前两句描绘出一个得宠的宫女形象：她花枝招展地走出建章宫，昭阳宫传来阵阵箫管声。这个宫女正在得到皇帝的宠幸。"花枝"既写其美，又写其招摇和得意。"凤管"用乐器代指歌舞，指受宠的宫女在皇帝面前欢乐地歌舞。后两句是失宠宫女的发问，也是诗人的发问：请问你们这些得到皇帝恩宠的人，美貌能够保存多少年？"双蛾"是用蛾眉代指美貌。更深一层的意思则是质问那些靠谄媚皇上而得到宠爱的佞臣，你们所得到的宠信能保持多久呢？本诗表面写宫女的怨恨，实际上是在浇自己的块垒，堪称"言近旨远"的佳作。

题竹林寺

朱放

suì yuè rén jiān cù
岁月人间促，

yān xiá cǐ dì duō
烟霞此地多。

yīn qín zhú lín sì
殷勤竹林寺，

gèng dé jǐ huí guō
更得几回过。

◎**作者简介**

朱放，生卒年不详，主要活动于唐代宗、德宗（762—805）时期。初居汉水滨，后以避岁馑迁隐剡溪、镜湖间。与女诗人李冶、上人皎然皆有交情。唐代宗大历中，辟为江西节度参谋。唐德宗贞元二年（786 年）诏举"韬晦奇才"，下聘礼，拜左拾遗，辞不就。《新唐书·艺文志》录有"朱放诗一卷"。

◎**注释**

①〔竹林寺〕在今江西庐山仙人洞旁。②〔促〕短促，短暂。③〔烟霞〕指山水胜景。④〔殷勤〕情意深厚。⑤〔过〕访问。

◎**译文**

岁月匆匆走过了人间，烟霞美景多多停留在竹林寺附近。我和竹林寺结下了深情厚谊，不知道今后还能有几次登临。

◎**赏析**

这首仄起、首句不入韵的平韵五绝，表达了诗人对竹林寺和隐居生活的喜爱。前两句说：岁月匆促走过了人间，烟霞美景多多停留在竹林寺附近。虽然岁月消磨，但竹林寺美丽的景观不会改变。"人间"指俗世，"烟霞"指隐居禅修的好地方。后两句说：和竹林寺结下了深情厚谊，不知道今后还能来访问几次。因为岁月的催促，诗人难以预料自己还有多少机会能来欣赏美丽的风景。一个"更"字表达出诗人对竹林寺的喜爱和眷恋之情。

过三闾庙

戴叔伦

yuán xiāng liú bú jìn
沅 湘 流 不 尽，

qū zǐ yuàn hé shēn
屈 子 怨 何 深。

rì mù qiū fēng qǐ
日 暮 秋 风 起，

xiāo xiāo fēng shù lín
萧 萧 枫 树 林。

◎ **作者简介**

戴叔伦（约732—约789），字幼公（一作次公），润州金坛（今属江苏）人。唐代诗人。年轻时师事萧颖士。其诗多表现隐逸生活和闲适情调，但《女耕田行》《屯田词》等篇也反映了人民生活的艰苦。论诗主张"诗家之景，如蓝田日暖，良玉生烟，可望而不可置于眉睫之前"（司空图《与极浦书》引）。今存诗二卷。

◎ **注释**

①〔三闾（lú）庙〕始建于汉代，是祭祀战国时楚国三闾大夫屈原的庙宇，在今湖南省汨罗市玉笥山上。②〔沅湘〕即沅江和湘江，均在湖南省。屈原曾在这一带生活过。③〔屈子〕即屈原。子，古代对人的尊称。④〔萧萧〕拟声词，风吹动树木发出来的声音。

◎ **译文**

沅水、湘水滚滚向前流不尽，屈原遭到奸佞打击哀怨多么深。黄昏时候一阵阵秋风吹起，三闾庙边的枫林发出萧萧的声音。

◎ **赏析**

这是一首平起、首句不入韵的平韵五绝。三闾庙，是奉祀战国时楚国三闾大夫屈原的庙宇。根据《清一统志》记载，庙在长沙府湘阴县北六十里（今汨罗市境）。此诗为凭吊屈原而作。首句"沅湘流不尽"，以沅湘开篇，既是即景起兴，同时也是比喻。那流不尽的沅水湘江就像屈子千年不尽的怨恨。继而直言"屈子怨何深"，前句写怨的绵长，后句写怨的深重。两句紧扣"怨"字，表达出诗人对屈原的深深同情。接下去两句一转，不写屈原为何而怨，而写三闾庙边的景色：日暮黄昏，一阵阵秋风吹起，三闾庙边的枫林发出萧萧声音。屈原《九歌·湘夫人》云"袅袅兮秋风，洞庭波兮木叶下"，《招魂》云"湛湛江水兮上有枫，目极千里兮伤春心。魂兮归来哀江南"。这些诗句中的景色，与这首《三闾庙》所写略同。一切景语皆情语，诗人的情感就隐藏在这景语中。时历千载而三闾庙旁的秋色依然如昔，可是哪里能找到屈原的冤魂？日暮、秋风、枫林，再加上悲凉的萧萧之声，更令人感到凄凉和感伤。诗人的同情和哀怨都在这景语中了。施补华《岘佣说诗》说："并不用意，而言外自有一种悲凉感慨之气，五绝中此格最高。"这就是用景语抒情的妙处。

易水送别

骆宾王

cǐ dì bié yān dān
此 地 别 燕 丹，

zhuàng shì fà chōng guān
壮 士 发 冲 冠。

xī shí rén yǐ mò
昔 时 人 已 没，

jīn rì shuǐ yóu hán
今 日 水 犹 寒。

◎ 作者简介

骆宾王（约638—684），字观光，婺州义乌（今浙江义乌）人。唐代诗人，与王勃、杨炯、卢照邻合称"初唐四杰"。又与富嘉谟并称"富骆"。曾作《为徐敬业讨武曌檄》。其诗辞采华丽，格律谨严。长篇如《帝京篇》，五、七言参差转换，讽时与自伤兼而有之；短制如本诗，二十字中，悲凉慷慨，余情不绝。

◎ 注释

①〔易水〕水名，在今河北省易县。②〔燕丹〕指战国时燕国的太子丹。③〔壮士〕对荆轲的尊称。④〔冲冠〕发怒时头发竖起，把帽子都顶起来了。形容非常愤怒。⑤〔没〕通"殁"，死亡。

◎ 译文

荆轲就是在这个地方告别燕太子丹，壮士慷慨激昂怒发冲冠。壮士荆轲已经不在了，今天只有易水仍旧让人生寒。

◎ 赏析

这是一首仄起、首句入韵的平韵五绝，诗题一作《于易水送人》。诗人在送别友人之际，发思古之幽情，表达了对古代英雄的无限仰慕，从而寄托他对现实的深刻感慨，倾吐了自己满腔热血无处可洒的怨愤。前两句由在易水送别而想起荆轲告别燕丹时也曾在此慷慨激昂怒发冲冠。这位轻生重义、不畏强暴的社会下层英雄人物，诗人牢记心中。此地此景，怎不引发诗人心中激昂慷慨的豪情？接下去两句怀古伤今，抒发感慨。荆轲刺秦已成往事，英雄也早已逝去，但是易水却依旧那么寒凉。一个"寒"字岂止是写水之寒，更是写心之寒！这是在以象写意。古人云："象者，出意者也。"诗人用具象来表达心中之意，使心中之意借具象外现出来。诗歌构思的过程，也就是寻找到能准确表达内心之意的象的过程。以象传意，也许就是诗歌艺术的魅力吧！诗人把古今两次送别在易水边联系起来，唱出一曲慷慨悲壮的别离之歌，展现出一颗与荆轲同样的侠义之心。二十字中，悲凉慷慨，余情不绝。

别卢秦卿

司空曙

zhī yǒu qián qī zài
知 有 前 期 在，

nán fēn cǐ yè zhōng
难 分 此 夜 中。

wú jiāng gù rén jiǔ
无 将 故 人 酒，

bù jí shí yóu fēng
不 及 石 尤 风。

◎作者简介

司空曙，生卒年不详，字文明，或作文初，洛州（今河北永年）人。唐代诗人，"大历十才子"之一。约唐代宗大历年间在世。大历年间进士，磊落有奇才。其诗多为行旅赠别之作，长于抒情，多有名句。《唐音癸签》（卷七）有《司空文明诗集》。其诗朴素真挚，情感细腻，多写自然景色和乡情旅思。长于五律，诗风闲雅疏淡。

◎注释

①〔卢秦卿〕作者的朋友，其生平不详。②〔无将〕不要把。③〔石尤风〕指能阻止船只航行的打头逆风。元代伊世珍《琅嬛记》引《江湖纪闻》载，商人尤某之妻石氏，思夫成疾，死前说要变为逆风，阻止天下商人远行。另南朝宋孝武帝《丁都护歌》其一云："愿作石尤风，四面断行旅。"可见这一传说在南北朝时已经流行。

◎**译文**

虽然我们早约定了再次相会的日期，可是今天晚上还是难舍难离。请不要拒绝老友敬酒挽留，这挽留比不上阻止你船行的打头风起。

◎**赏析**

这首仄起、首句不入韵的平韵五绝，是一首送别诗。卢秦卿是作者的朋友，作者在夜里送他上船登程。前两句写到虽然已知后会有期，却依然难舍难分，那份浓情，可想而知。"前期"指分别前先定下的再会日期。"此夜"指当下。二人相聚多日，今夜虽要离别，却早定下再会之期，可见二人友情至深，难舍难分。后两句写出诗人置酒送友，殷勤挽留的情形，还有意无意地祝愿天公刮大风，让友人不能成行，那友人便不得不止留了。"石尤风"指能阻止船只航行的打头逆风。诗人用这个典故，表达出不忍分别之情，真切而别出机杼。一般人送友多祝朋友一路顺风，而诗人却和石氏一样，盼朋友乘的船遇上逆风，不能出行而留下来。这正是这首诗构思的匠心所在。同样的送行，同样的惜别，诗人却有自己独特的表达方式，用反语表达真情。

答人

太上隐者

ǒu lái sōng shù xià
偶 来 松 树 下，

gāo zhěn shí tou mián
高 枕 石 头 眠。

shān zhōng wú lì rì
山 中 无 历 日，

hán jìn bù zhī nián
寒 尽 不 知 年。

◎ **作者简介**

太上隐者，唐代的一位隐者，隐居在终南山，人不知其姓名。

◎ **注释**

①〔答人〕此诗是太上隐者回答别人的问话。②〔无历日〕没有推算岁时节气的历法。③〔寒尽〕寒冷过去，即言春来。④〔不知年〕不知道是哪年哪月。

◎ **译文**

我偶然来到这深山的松树下游玩，累了就用石头当枕头，无忧无虑地睡上一天。山中没有记载年月时令的历书，冬去春来也不知道是哪月哪年。

◎ **赏析**

这是一首平起、首句不入韵的平韵五绝。据《古今诗话》记载："太上隐者，人莫知其本末。好事者问其姓名，不答，留诗一绝云。"这位隐者的来历人所不知，曾有好事者当面打听他的姓名，他也不答，却写下这首诗。诗人以自己的隐居生活和山中的节气变化，向人们展示了一位不食人间烟火的高人形象。前两句"偶来松树下，高枕石头眠"，简直是传神的自画像。"偶来"言其行踪不定，自由无羁。"高枕"则见其安卧无忧，随心任性。"松树""石头"是山间常见之物，也是隐者随处安居的居所。后两句则有"虽无纪历志，四时自成岁"（陶渊明《桃花源诗》）的意思。"寒尽"二字更有意味，寒尽而春来，四季轮回中，不知过了几多岁月，隐者却依然自由自在地来去在深山中，大有不知今是何世何年的意味，像《桃花源记》的人"不知有汉，无论魏晋"。这就通过四句答诗呈现出一个出世的高人形象。刘熙载《艺概》中说："五绝无闲字易，有余味难。"这首五绝，无一字多余，也没有用典故，平白如话，读起来却意味无穷。答俗人问，抒高逸情，堪称五绝中的妙品。

卷
二

　　五言律诗是近体诗中律诗的一种，每首八句，每句五个字，限用平韵，一韵到底。五言律诗以首句不入韵为正例，以首句入韵为变例。律诗是最讲究语言锤炼的，古人有"五律如四十尊菩萨，着一俗汉不得"的说法。

幸蜀回至剑门

唐玄宗

jiàn gé héng yún jùn　　luán yú chū shòu huí
剑 阁 横 云 峻，　銮 舆 出 狩 回。

cuì píng qiān rèn hé　　dān zhàng wǔ dīng kāi
翠 屏 千 仞 合，　丹 嶂 五 丁 开。

guàn mù yíng qí zhuàn　　xiān yún fú mǎ lái
灌 木 萦 旗 转，　仙 云 拂 马 来。

chéng shí fāng zài dé　　jiē ěr lè míng cái
乘 时 方 在 德，　嗟 尔 勒 铭 才。

◎ 作者简介

唐玄宗李隆基（685—762），712 年～756 年在位，是唐朝在位最久的皇帝。唐睿宗李旦第三子，母窦德妃。庙号"玄宗"，又因其谥号为"至道大圣大明孝皇帝"，故亦称为唐明皇。

◎ 注释

①〔幸蜀〕帝王驾临蜀地。幸，古时称帝王驾临为幸。②〔剑门〕即剑门关，在今四川剑阁县北。此诗是李隆基在平息"安史之乱"后从四川回长安途中，行至剑门时所写。③〔横云峻〕峻立在横云之中，极言剑门关之高峻。④〔出狩〕古代皇帝离开京城去外地打猎、巡视。这里是唐玄宗对自己避乱出逃的委婉说法。⑤〔翠屏〕绿色的屏风。喻指剑门山。⑥〔千仞〕形容山势极高。仞，古代的长度单位，周代八尺为仞。⑦〔丹嶂〕高峻如同屏障一般的赤色山峰。⑧〔乘时〕顺应时势。⑨〔德〕仁德，德政。⑩〔嗟尔〕赞叹。⑪〔勒铭〕刻石记功。

◎ 译文

剑门山高耸入云，险峻无比；我避乱到蜀，今日得以回京。只见那如翠色屏风的山峰，高有千仞；那如红色屏障的石壁，五位力士开出路径。灌木缠绕旌旗，时隐时现；白云有如飞仙，迎面拂拭着马鬃。治理国家应该顺应时势，施行仁德；赞叹你们平定叛乱，是栋梁之材，应刻石记功。

◎赏析

这是一首仄起、首句不入韵的平韵五律。（首句第二字"阁"今读gé，阳平声，但旧读属入声，药韵，故为"仄起"。）首联"剑阁横云峻，銮舆出狩回"二句，开篇扣题。"峻"形容剑门山高耸入云。"横云"说在平地高不可及的层云，此刻只能低徊于剑门山腰际，足见山高岭峻路险。首句写出了剑门山横空出世的气势。然后交代皇舆返京，经行剑阁情事。"出狩"指古代皇帝离开京城去外地打猎、巡视。李隆基在"安史之乱"平定后从四川回长安，经过剑门山，一个"回"字含有心境的爽朗和愉悦。这两句一景一事，领起下文。颔联"翠屏千仞合，丹嶂五丁开"对仗工整。枫叶流丹、青松积翠。抬头看去，剑门七十二峰堆叠，壁立千仞，仿佛扇扇闭合的大门。山势最险处，峭壁中断，两岩相对，形似剑门，是"一夫当关，万夫莫开"的险峻关隘。颈联"灌木萦旗转，仙云拂马来"也是对仗句。"灌木"句写道路曲折，仪仗左转右转，旌旗摇动，好像树木在转动。"仙云"句指山中之云拂马而来，丝丝缕缕，轻灵洁白，使人如入仙境。这两句暗写玄宗在叛乱平定后返回长安时轻松的心情。尾联"乘时方在德，嗟尔勒铭才"，是就剑阁石壁所勒张载铭文发出议论。张载《剑阁铭》中有"兴实在德，险亦难恃"的句子，在文尾说："勒铭山阿，敢告梁益。"玄宗表示：要乘着平叛的大好时机，消除隐患，重整河山，暗含要为平叛功臣刻石纪功之意。此诗格调谨严，笔力扛鼎。虽作于乱中，却不失盛唐君主气象。

和晋陵陆丞早春游望

杜审言

独有宦游人，偏惊物候新。

云霞出海曙，梅柳渡江春。

淑气催黄鸟，晴光转绿蘋。

忽闻歌古调，归思欲沾巾。

◎ 作者简介

杜审言（约645—约708），字必简，襄州襄阳（今湖北襄阳）人，后迁河南巩县（今河南巩义）。唐高宗咸亨进士，与李峤、崔融、苏味道合称"文章四友"，是唐代近体诗的奠基人之一。作品多朴素自然。其五言律诗，格律谨严。原有集，已散佚，后人辑有《杜审言诗集》。

◎ 注释

①〔和〕应和。②〔晋陵〕唐时郡名，在今江苏常州。③〔陆丞〕陆县丞，作者的友人。④〔宦游〕在外地做官。⑤〔物候〕自然界生物随季节的转换而变化的现象。⑥〔淑气〕温暖的气候。⑦〔黄鸟〕黄莺。⑧〔晴光〕即春光。⑨〔绿蘋〕蕨类植物，生在浅水中。⑩〔古调〕指陆丞古朴的《早春游望》诗。⑪〔思〕按律此处读 sì。

◎ 译文

只有远离故里外出做官的人，才对自然物候的变化特别敏感。云霞灿烂，旭日即将从海上升起，红梅绿柳也渡江北迎春。和暖的春气催起黄莺歌唱，晴朗的阳光下绿蘋颜色渐深。忽然听到你吟诗古朴的曲调，勾起我的思乡之情，禁不住落泪湿巾。

◎赏析

这首仄起、首句入韵的平韵五律是一首唱和诗。杜审言在江阴县任职时，与陆某是同郡邻县的僚友。他们同游唱和，陆某原唱应为《早春游望》，内容已不可知。此诗是杜审言为唱和而作。诗首句就发感慨，说只有离别家乡、奔走仕途的人，才会对异乡的节物气候感到惊奇。言外之意即说，如果在家乡，或者是当地人，就见而不怪了。接下去写"惊新"，写江南新春伊始至仲春二月的物候变化。颔联说：云霞灿烂，旭日即将从海上升起，红梅绿柳也渡江北迎春。这两句把江南春色描绘得十分烂漫，言春早、春暖，并且把梅和柳人格化，说它们也要渡江送春去。颈联写黄鸟和绿蘋。"黄鸟"，即黄莺，又名仓庚。《礼记·月令》载：仲春二月"仓庚鸣"。"绿蘋"指生长在浅水中的蕨类植物。江南春来早，水草也生得早。惊新由于怀旧，思乡情切，更觉异乡新奇。这两句写所见江南物候，也寓含着怀念中原故乡之情。尾联点明思归，道出自己伤春的本意。"古调"是对陆丞原作的敬称。"忽闻"是指突然听到陆丞诗句，无意中触到诗人思乡之痛，因而感伤流泪。

这首诗韵脚分明，平仄和谐，对仗工整，已是成熟的律诗作品，是初唐时期近体诗体式定格的奠基之作，具有开源辟流的意义。

蓬莱三殿侍宴奉敕咏终南山

杜审言

běi dǒu guà chéng biān　　nán shān yǐ diàn qián
北 斗 挂 城 边 ，南 山 倚 殿 前 。

yún biāo jīn què jiǒng　　shù miǎo yù táng xuán
云 标 金 阙 迥 ，树 杪 玉 堂 悬 。

bàn lǐng tōng jiā qì　　zhōng fēng rào ruì yān
半 岭 通 佳 气 ，中 峰 绕 瑞 烟 。

xiǎo chén chí xiàn shòu　　cháng cǐ dài yáo tiān
小 臣 持 献 寿 ，长 此 戴 尧 天 。

◎注释

①〔蓬莱三殿〕指唐代大明宫中的麟德殿。故址在今陕西省西安市北。②〔奉敕〕奉皇帝命令。③〔云标〕云端。④〔金阙〕指富丽堂皇的皇宫建筑。⑤〔迥〕高远貌。⑥〔树杪〕树梢。⑦〔玉堂〕本为汉代建章宫殿名。这里泛指终南山上精美的建筑。⑧〔半岭〕半山腰。⑨〔中峰〕终南山主峰。⑩〔绕〕环绕。⑪〔尧天〕尧舜时代那样的太平盛世。

◎译文

北斗星高挂在长安城边，终南山好像偎依在蓬莱三殿前。山上华丽的宫殿耸入云端，树梢边精美的楼阁高悬。半山飘动着美好的云气，主峰上环绕着祥瑞的青烟。小臣我持酒向皇帝祝寿，愿长久生活在太平盛世中间。

◎赏析

这首仄起、首句入韵的平韵五律，是一首对皇帝歌功颂德的应制诗。应制诗是封建时代臣僚奉皇帝之命所作、所和的诗，唐以后大都为五言六韵或八韵的排律。唐中宗诞辰，于内殿宴请群臣，命以终南山为题，咏诗助兴。这首诗首联以北斗星高挂宫城边，巍峨的终南山倚立在蓬莱三殿之前来映衬皇宫的宏伟高峻。北斗、南山还常作为祝寿用语，如北斗第四星就叫"天心，字延寿"。再如"寿比南山"，出自《诗经·小雅·天保》。其文如下："如月之恒，如日之升，如南山之寿，不骞不崩。如松柏之茂，无不尔或承。""南山"指秦岭终南山。这里虽说是借北斗、南山来歌颂皇宫高大，但也包含着祝寿之意。颔联正面写终南山的宫观殿宇高入云表的壮观。颈联写终南山瑞云缭绕，和朝廷的兴旺之气相通，进一步以终南山景物来赞颂皇帝。尾联直接颂扬皇帝寿比南山，治国有如尧舜。诗人用北斗、南山、金阙、玉堂形容宫殿的高峻雄伟、金玉满堂，以终南山的瑞气、祥云，形容皇宫有如天上宫阙；最后祝圣上寿比南山，愿永受圣王统治，长久生活在太平盛世中间。全诗写得庄重典雅，是典型的歌功颂德的作品。

春夜别友人

陈子昂

银烛吐清烟，金尊对绮筵。

离堂思琴瑟，别路绕山川。

明月隐高树，长河没晓天。

悠悠洛阳道，此会在何年？

◎**注释**

①〔银烛〕明亮的蜡烛。②〔金尊〕指精美的酒杯。③〔绮筵〕华丽的酒宴。④〔琴瑟〕本为两种乐器，同时演奏，其音谐合。⑤〔此会〕这样的聚会。犹言再次相聚。

◎ 译文

明烛吐出缕缕青烟，金杯对着华美的盛宴。分别的堂上思念琴瑟友好，离别后路远绕过山川。明月隐蔽在高树之后，银河消失在晓晖中间。前往洛阳路途遥远，不知何年才能重见？

◎ 赏析

这是一首仄起、首句入韵的平韵五律。（首句第二字"烛"今读zhú，阳平声，但旧读属入声屋韵，故为"仄起"。）《春夜别友人》共有两首，这里所选的是第一首。诗约作于武则天光宅元年（684年）春。这时年方二十六岁的陈子昂告别家乡四川射洪，奔赴东都洛阳，准备向朝廷上书，求取功名。临行前，友人摆夜宴为他送行。席间，面对金樽美酒，他写下了这首诗。诗从眼前酒宴将尽写起：别筵将尽，分手在即。"银烛吐清烟"中的"吐"字，使人想象到离人相对无言，只是凝视着银烛的青烟出神的神情。"金尊对绮筵"，其意是面对华筵，除却"劝君更尽一杯酒"外，再也没有什么可以勉强相慰的话了。这两句诗勾画出一种于沉静之中更见别意的情境。颔联"离堂思琴瑟，别路绕山川"着意写离情。"琴瑟"代指宴会之乐，出自《诗经·小雅·鹿鸣》"我有嘉宾，鼓瑟鼓琴"，是借用丝弦乐音比拟情谊的深厚，说分别后会想念今天的欢聚。"山川"句表示道路遥远曲折，更让人生出路途迢遥、恨山川之缭绕的别情。颈联"明月隐高树，长河没晓天"，从室内宴会转到户外环境：明月隐蔽在高树之后，银河消失在晓晖中间。表明团聚宴会已罢，长天将晓，分手的时刻终于来到。尾联两句写目送友人沿着这条悠悠无尽的洛阳古道而去，不由得兴起不知何年才能重见之感。这首诗不写热闹的欢宴场面，只写宴会结束的那一刻，在沉静之中见深情。此诗写离情别绪却不消沉，已达蕴藉含蓄之境了。

长宁公主东庄侍宴

李峤

别业临青甸，鸣銮降紫霄。

长筵鹓鹭集，仙管凤凰调。

树接南山近，烟含北渚遥。

承恩咸已醉，恋赏未还镳。

◎ 作者简介

李峤（644—713），字巨山，赵州赞皇（今属河北）人。唐代诗人。高宗上元二年、三年（675年、676年）间，举制策甲科，历事高宗、武后、中宗、睿宗四朝。高宗时奉命宣谕岭南邕、严二州，叛者尽降，高宗甚嘉之。酷吏来俊臣构陷同平章事狄仁杰、右御史中丞李嗣真等，李峤挺身指其枉状，忤旨出为润州（今江苏镇江）司马。后以文章受知武后，三度拜相，并领修《三教珠英》。中宗复位，李峤因附会张易之兄弟，出为豫州刺史。景龙三年（709年）以特进守兵部尚书，同中书门下三品。睿宗即位（710年），出为怀州刺史，寻以年老致仕。生平见新、旧《唐书》本传。

◎ 注释

①〔长宁公主〕唐中宗李显之女。②〔东庄〕长宁公主在长安的别墅。③〔青甸〕绿色的郊野。甸，草甸。④〔鸣銮〕皇帝的车驾。⑤〔鹓鹭〕两种鸟的名字，因它们群飞而有序，故以喻朝官齐集，列队班行。⑥〔仙管〕对侍宴管乐的美称。⑦〔凤凰调〕凤凰和鸣，调和声调。⑧〔北渚〕北边的水中陆地。此指渭水。⑨〔未还镳〕犹言未回马，没有返回。镳，马嚼子的两端露出嘴外的部分，是连接缰绳之处。

◎ **译文**

长宁公主的别墅靠近青青的城郊，皇上的御驾好像降自空中。朝官齐集列队班行参加盛宴，吹奏箫管像凤凰和鸣那样优美动听。树木高耸接近终南山高峰，云烟缭绕一直延伸到远处的渭水岸边。得到皇上的恩泽，群臣都已醉倒，皇上留恋东庄美景，久久没有回宫。

◎ **赏析**

这首仄起、首句不入韵的五律是典型的侍筵诗。唐中宗李显领着大臣们到女儿长宁公主的东庄别墅去吃饭，李峤写这样一首诗以侍筵。首联说长宁公主的别墅靠近青青的城郊，皇上的御驾好像降自空中。"青甸""紫霄"用鲜明的色彩夸赞皇家生活的排场，把皇帝阿谀成自天而降的神仙。颔联写宴会的盛大：朝官齐集，列队班行参加盛宴，吹奏箫管像凤凰和鸣那样优美动听。用"鸂鶒"比喻百官，用"凤凰"明写音乐，暗喻公主，描绘出一幅百鸟朝凤的画面。颈联写东庄别墅的环境，是一块风水宝地：树木高耸接近终南山高峰，云烟缭绕与远处渭水相映。尾联对赐筵的皇帝表示感恩和谢意。全诗用比喻、对比、夸张等多种修辞手法来介绍长宁公主的别墅，以及皇家宴会的盛况，使人对皇家那种威严奢华的生活有了一定的了解。李峤作为宰相，对皇帝感恩戴德是必然的，他既将政治目的融到了诗里，又严格按照五言律诗格律遣词。大多数应制诗、侍筵诗都是如此。

恩赐丽正殿书院宴应制得林字

张说

东壁图书府，西园翰墨林。

诵《诗》闻国政，讲《易》见天心。

位窃和羹重，恩叨醉酒深。

载歌春兴曲，情竭为知音。

◎ **注释**

①〔丽正殿〕唐代官殿名。②〔应制得林字〕奉皇帝之命作诗，规定用"林"字韵。③〔东壁〕星名，是"壁宿（xiù）"的别称。壁宿，北方玄武之象的星宿名，为二十八宿之一。传说它掌管天上的文章、图书。④〔西园〕曹操建立西园，集文人于此赋诗。这里的东壁与西园，皆代指丽正殿书院。⑤〔诗〕指《诗经》。⑥〔闻〕从中领悟。⑦〔国政〕国家政事。此处指治国的道理。⑧〔易〕指《易经》，又称《周易》。⑨〔见〕体察，发现。⑩〔天心〕天意。⑪〔位窃〕犹言窃位。此处是诗人自谦之词。⑫〔和羹〕本指为羹汤调味，此处用来比喻宰相辅佐帝王综理朝政。⑬〔恩叨〕叨恩，指得到恩惠。

◎ **译文**

丽正殿设立书院，文人学士在这里雅集。诵读《诗经》了解国事，讲解《易经》知道天意。我身为宰相责任重大，承蒙皇恩赐宴，痛饮大醉。乘兴诵唱春天的歌曲，竭尽才力作诗酬知音。

◎ **赏析**

这首仄起、首句不入韵的五律，是一首应制诗，即由皇帝命题并指定韵字。本诗按皇帝规定用"林"字韵。作者当时身为丞相，又逢皇帝赐宴，自然会歌功颂德。首联意为：丽正殿设立书院，成了文人学士聚会赋诗的地方。颔联意思是：诵读《诗经》了解国事，讲解《易经》知道天意。颈联意思是说：我身为宰相责任重大，承蒙皇恩赐宴，痛饮大醉。尾联意思是：乘兴诵唱春天歌曲，竭尽才智来依韵赋诗，以报答皇帝的知遇之恩。诗中大量用典，如"壁宿""西园""和羹"等，表达了对皇帝的感恩戴德。

送友人

李 白

qīng shān héng běi guō　bái shuǐ rào dōng chéng
青　山　横　北　郭，白　水　绕　东　城　。

cǐ dì yì wéi bié　gū péng wàn lǐ zhēng
此　地　一　为　别，孤　蓬　万　里　征　。

fú yún yóu zǐ yì　luò rì gù rén qíng
浮　云　游　子　意，落　日　故　人　情　。

huī shǒu zì zī qù　xiāo xiāo bān mǎ míng
挥　手　自　兹　去，萧　萧　班　马　鸣　。

◎ **注释**

①〔北郭〕即外城的北面。郭，在城外围加筑的一道城墙。②〔白水〕清澈的水。③〔孤蓬〕蓬草。干枯后根株断开，遇风飞旋，也称"飞蓬"。诗人用"孤蓬"喻指远行的朋友。④〔自兹去〕从此分手。兹，此。⑤〔萧萧〕马的嘶叫声。⑥〔班马鸣〕马相别的嘶叫声。班马，离群的马，这里指载人远离的马。班，分别，离别。

◎**译文**

青翠的山峦横卧在城北，清澈的流水围绕着东城。在此地我们相互道别，你就像孤蓬一样万里飘零。游子像浮云一样行踪不定，夕阳徐徐落下，难舍我们的友情。挥挥手从此分别，载你远行的马也萧萧长鸣。

◎**赏析**

这首平起、首句不入韵的五律，表达了作者送别友人时的依依不舍之情。此诗写得情深意切，境界开阔，对仗工整，自然流畅。首联交代了告别的地点：青翠的山峦横卧在城北，清清的流水围绕着东城。这两句中"青山"对"白水"，"北郭"对"东城"，首联即用了工丽的对偶，这在律诗中并不多见。"青""白"色彩对比明丽；"横"字勾勒青山的静姿，"绕"字描绘白水的动态，用词准确而传神。诗笔挥洒自如，接下去两句写情。诗人借孤蓬来比喻友人的漂泊生涯：此地一别，离人就要像那随风飞舞的蓬草，飘到万里之外去了。此联系流水对，即两句语义相承，但不是工对，体现了李白"天然去雕饰"的诗风，也符合古人不以形式束缚内容的看法。古人常以飞蓬、转蓬、飘蓬比喻漂泊生涯。此句"孤蓬"意象传达出作者沉重的别情，寄托着对朋友的深切关怀，写得自然流畅，感情真挚。颈联用"浮云""落日"意象再写离别深情。浮云像游子一样行踪不定，夕阳徐徐落下不舍我们的友情。这两句对仗很工整，切景切题。朋友像孤蓬一样漂泊，牵住了诗人的心；诗人恋恋不舍的情意，就像不忍落山的夕阳。情以象传，景语即是情语。尾联两句，情意更切。挥挥手从此分别了，载他远行的马也萧萧长鸣。一个"挥"字，潇洒利索，带有豪侠气，绝无儿女态。"萧萧班马鸣"的场景，借马鸣之声为别离之声，衬托出依依惜别的深情，余音在耳，萧萧不绝。这首送别诗写得新颖别致，不落俗套。诗中青山、流水、红日、白云相互映衬，色彩鲜明，衬托出积极的情感；又有班马长鸣，余音不绝。这首诗描绘出一幅有声有色的送别画面。虽写离别，但又没有悲伤的意味，反而带有豪迈的气象，十分符合李白任侠的个性。

送友人入蜀

李　白

见说蚕丛路，崎岖不易行。

山从人面起，云傍马头生。

芳树笼秦栈，春流绕蜀城。

升沉应已定，不必问君平。

◎ 注释

①〔见说〕听说。②〔蚕丛路〕代指进入蜀地的道路。蚕丛，传说中古代蜀王之名，此处代指蜀地。③〔笼〕笼罩。④〔秦栈〕从秦入蜀的栈道。栈道通于陕西，陕西古为秦地，故云秦栈。栈，在陡岩峭壁上凿岩架木修成的路。⑤〔春流〕即流经成都的河流。⑥〔蜀城〕成都。⑦〔升沉〕宦海浮沉，功名得失。⑧〔定〕定局。⑨〔君平〕即严君平，西汉人，名遵，隐居成都，以算命占卜为生。

◎ 译文

听说去蜀地的道路，崎岖艰险不易通行。山壁紧靠人的脸旁，云气依傍着马头上升。花树笼罩秦川栈道，春江绕流蜀地都城。进退升沉应已命中注定，不必去问善卜的君平。

◎ 赏析

这首平起、首句不入韵的五律是一首送行诗，为唐玄宗天宝二年（743 年）李白在长安送友人入蜀时所作。首联说：听说友人要去蜀地，就告诉他，那条蚕丛时开辟的入蜀的道路十分崎岖难行。这是对朋友的提醒。"蚕丛路"代指进入蜀地的道路，即剑门蜀道。其中有典故：据

《华阳国志》《蜀王本纪》《水经注》等古书记载，战国中后期，秦惠文王见古蜀国第十二世开明王朝国力衰退，蜀王荒淫无道，便欲伐蜀，但苦于崇山阻隔，无路可通。秦惠文王深知蜀人有崇信巫术鬼神的迷信传统，于是心生一计，请人凿刻了五个巨大的石牛，以赠送蜀王。秦王派人在石牛屁股下放置黄金，还像模像样地为每头牛安排了专门的饲养人员。蜀人一见之下，以为是天上神牛，能屙黄金。蜀王大喜，便派出五个有移山倒海之力的著名大力士开山辟路，一直将石牛拖回成都。这就是"五丁开山"的传说。而这条拖送石牛的道路，就是古金牛道，亦称"剑门蜀道"。颔联就"崎岖不易行"的蜀道作了具体描写：山壁紧靠人的脸旁，云气依傍着马头上升。"起""生"两字生动地表现了栈道的狭窄、险峻。颈联"芳树笼秦栈，春流绕蜀城"描绘蜀道春天的美丽：上句是平视，往前看，弯弯曲曲的栈道被花树笼罩。下句是俯视，从山上往下看，曲曲弯弯的春江环绕着蜀城。这一联说蜀道不只是艰险，还有美丽的一面。诗人想借此告诉朋友不要有顾忌，要大胆前行。尾联"升沉应已定，不必问君平"点出诗的主旨：西汉严遵，字君平，隐居不仕，曾在成都卖卜为生。李白借用君平的典故，婉转地告诉他的朋友不要沉迷于追求功名利禄，其中也包含对自身身世的感慨。尾联写得含蓄蕴藉，语短情长。这首诗，风格清新俊逸。中间两联对仗非常工整。颔联极言蜀道之难，颈联又道风景可观，笔力雄健多变。最后，以议论作结，点明主旨，余味悠长。

次北固山下

王　湾

kè lù qīng shān wài　　xíng zhōu lǜ shuǐ qián
客 路 青 山 外，行 舟 绿 水 前。

cháo píng liǎng àn kuò　　fēng zhèng yì fān xuán
潮 平 两 岸 阔，风 正 一 帆 悬。

hǎi rì shēng cán yè　　jiāng chūn rù jiù nián
海 日 生 残 夜，江 春 入 旧 年。

xiāng shū hé chù dá　　guī yàn luò yáng biān
乡 书 何 处 达？归 雁 洛 阳 边。

◎ 作者简介

王湾（693—751），字号不详，洛阳（今属河南）人。玄宗先天年间（712年）进士及第，授荥阳县主簿。后受荐编书，参与集部的编撰辑集工作。书成之后，因功授任洛阳尉。王湾"词翰早著"，现存诗十首，其中流传最广的是《次北固山下》。其中"海日生残夜，江春入旧年"两句，得到当时宰相张说的极度赞赏，并亲自书写悬挂于宰相政事堂上，以作为文人学士学习的典范。直到唐末，诗人郑谷还说："何如海日生残夜，一句能令万古传。"（《卷末偶题三首》其一）

◎ 注释

①〔次〕停下。此处指船停泊。②〔北固山〕在今江苏镇江市北，三面临江。镇江三山名胜之一，远眺北固，横枕大江，石壁嵯峨，山势险固，因此得名北固山。东汉末年刘备甘露寺招亲的故事就发生在北固山。以险峻著称的北固山，因这个故事而名扬千古。③〔残夜〕夜未尽时，即天快亮的时候。④〔入旧年〕指旧年尚未逝去。⑤〔乡书〕家信。

◎ 译文

旅行的路从青山之外而来，行船顺着碧绿的江水向前。春潮正涨，两岸江面更宽阔；顺风行船，一面船帆高悬。红日冲破残夜，从海之外面升起；江上春早，去年末已春潮泛滥。寄去的家书何时才能到达，归雁何时能飞到洛阳边。

◎ **赏析**

这是一首仄起、首句不入韵的五律。此诗以准确精练的语言描写了冬末春初诗人在北固山下停泊时所见到的青山绿水、潮平岸阔等壮丽之景，抒发了诗人深深的思乡之情。开头以对偶句发端，诗人乘舟，正朝着展现在眼前的"绿水"前进，驶向"青山"，驶向"青山"之外遥远的"客路"，表现出江南冬末春初的景色。颔联写在"潮平""风正"的江上行船。"潮平"，指潮与岸齐，因而两岸显得宽阔，这是春潮初升时的景象。"风正"，指顺风，且风力不大，所以帆是悬挂之形。情景恢宏阔大。颈联写拂晓行船的情景，对仗隐含哲理。明·胡应麟在《诗薮·内编》里说："形容景物，妙绝千古"。当残夜还未消退之时，一轮红日已从海上升起；旧年尚未逝去，江上已呈露春意。"日生残夜""春入旧年"，都表示时序的交替，而且是那样匆匆不可待，这怎不叫身在"客路"的诗人顿生思乡之情呢？诗人无意说理，却在描写景物、节令之时，传达出一种自然的理趣。海日生于残夜，将驱尽黑暗；那江上景物所表现的"春意"，闯入了旧年，将赶走严冬。两句给人以乐观、积极、向上的艺术鼓舞力量。尾联说：不知寄去的家书何时到达，归雁何时能飞到洛阳边。见雁思亲，与首联呼应。全诗用笔自然，写景鲜明，对仗工巧，情感真切，情景交融，风格壮美，极富韵致，历来广为传诵。

苏氏别业

祖咏

bié yè jū yōu chù　　dào lái shēng yǐn xīn
别业居幽处，　到来生隐心。

nán shān dāng hù yǒu　　fēng shuǐ yìng yuán lín
南山当户牖，　沣水映园林。

zhú fù jīng dōng xuě　　tíng hūn wèi xī yīn
竹覆经冬雪，　庭昏未夕阴。

liáo liáo rén jìng wài　　xián zuò tīng chūn qín
寥寥人境外，　闲坐听春禽。

◎作者简介

祖咏（699—746?），字号均不详，洛阳（今河南洛阳）人。盛唐诗人。少有文名，擅长诗歌创作。与王维友善。王维在济州赠诗云："结交二十载，不得一日展。贫病子既深，契阔余不浅。"（《赠祖三咏》）其流落不遇的情况可知。开元十二年（724年），进士及第，长期未授官。后入仕，又遭迁谪，仕途落拓。后归隐汝水一带。

◎注释

①〔隐心〕隐居之心。②〔南山〕终南山。③〔户牖〕门窗。④〔沣水〕水名，发源于秦岭，经户县、西安入渭水。⑤〔未夕〕还未到黄昏。

◎译文

别墅位于幽静的地方，到这儿顿生隐居之心。开窗能看到终南山的远影，沣水掩映着美丽的园林。竹梢上覆盖着经冬的残雪，太阳未落，庭院已昏沉。这里的寂寥幽境，仿佛是世外桃源，闲坐可细听春禽悦耳的声音。

◎赏析

这首仄起、首句不入韵的五律，描写了诗人到深山中的苏氏别墅游览的情景。全篇语言洗练，造语新奇，格律严谨，意境清幽，是盛唐五言律诗中的一首佳作。首联两句概述苏氏别业的清幽宁静，先点明别墅坐落在深山幽僻之处，再写自己一到别墅就产生了隐逸之心。叙事干净利落，开篇即点明主旨。颔联写道：开窗能看到南山的远影，沣水掩映着美丽的园林。这两句描写别墅环境的幽美，依山傍水，境界开阔。巧妙之处是采用借景的手法，借窗户绘南山，借园林写沣水，在小景、近景中蕴藏着大景、远景，这就是王夫之在《姜斋诗话》中说的"以小景传大景之神"的写法。颈联说：竹梢上覆盖着经冬的残雪，太阳未落，庭院已昏沉。"经冬"，说现在已是春天；"未夕"，说此时正是白昼。"覆"字点出积雪很厚。在春天里，还有那么厚的积雪覆盖着竹林；在大白天里，庭院居然如此幽暗。可见别墅地势很高，周围有山崖和郁茂的林木遮挡了阳光，因此才会清冷和幽暗。尾联总括全诗："寥寥人境外"，写诗人的感受。置身在这清幽的深山别墅之中，他感到自己仿佛来到世外桃源。于是，他静静地坐下来，悠闲地聆听深山中春鸟的鸣叫。全诗前七句写景，是静；末句"闲坐听春禽"，写声，是动。动静交织，赞美别业的幽静美好。

春宿左省

杜 甫

huā yǐn yè yuán mù   jiū jiū qī niǎo guō
花 隐 掖 垣 暮， 啾 啾 栖 鸟 过。

xīng lín wàn hù dòng   yuè bàng jiǔ xiāo duō
星 临 万 户 动， 月 傍 九 霄 多。

bù qǐn tīng jīn yào   yīn fēng xiǎng yù kē
不 寝 听 金 钥， 因 风 想 玉 珂。

míng zhāo yǒu fēng shì   shuò wèn yè rú hé
明 朝 有 封 事， 数 问 夜 如 何。

◎ 作者简介

杜甫（712—770），字子美，自号少陵野老，祖籍湖北襄阳（今湖北襄樊），生于河南巩县（今河南巩义）。唐代伟大的现实主义诗人。曾任左拾遗、检校工部员外郎，后人因此称他为杜拾遗、杜工部。其诗风格"沉郁顿挫"，内容多反映社会动荡、政治黑暗、人民疾苦等，被誉为"诗史"。其人忧国忧民，品行高尚，诗艺精湛，被奉为"诗圣"。

◎ 注释

①〔宿〕值夜，即值夜班。②〔左省〕古时称门下省为左省。左拾遗属门下省，其办公地在皇宫东边，故称左省。③〔掖垣〕门下省和中书省位于宫墙的两边，像人的两腋，故名。④〔九霄〕此处指高耸入云的宫殿。⑤〔金钥〕此处指开宫门的钥匙声。⑥〔玉珂〕马的装饰物，即马铃。⑦〔封事〕即封章。臣子上书奏事，以袋封缄，防止泄露机密。⑧〔数〕屡次，多次。

◎ 译文

左偏殿花丛隐没在暮色中，归巢鸟儿鸣叫着飞过皇宫。星光照临，千门万户都在闪烁，明亮的月光来自高高的空中。不敢睡觉，仿佛听到宫门关闭的锁钥声，晚风吹过想到上朝响起的马铃。明晨上朝还要上书奏事，心不安宁，多次询问夜已到几更。

◎ 赏析

这首仄起、首句不入韵的五律，抒发作者上封事前在门下省值夜时的心情，表现了他居官勤勉、尽职尽忠、一心为国的精神。首联两句描绘开始值夜时"左省"的景色：左偏殿花丛隐没在暮色中，归巢鸟儿鸣叫着飞过皇宫。写花、写鸟是点题，诗中之"春""花隐""栖鸟"是傍晚时的景致，和"宿"关联。这两句字字点题。颔联写夜中之景。星光照临，千门万户都在闪烁，明亮的月光来自高高的空中。这两句是精彩的警句，对仗工整妥帖，描绘生动传神，气象恢弘。诗人不仅把星月映照下的宫殿巍峨清丽的夜景描绘出来，还寓含着帝居高远的颂圣味道。虚实结合，形神兼备，语意含蓄双关。颈联描写夜中值宿时的情况。这两句是说他值夜时睡不着觉，仿佛听到了有人开宫门的锁钥声；风吹檐间铃铎，好像听到了百官骑马上朝的马铃响。这些都是想象之辞，深切地表现了诗人勤于国事，唯恐次晨耽误上朝的心情。最后两句交代"不寝"的原因，继续写诗人宿省时的心思：第二天早朝要上封事，心绪不宁，所以好几次询问夜到了什么时辰。"数问"二字，则更表现了诗人寝卧不安的程度。前四句写宿省之景，后四句写宿省之情。自暮至夜，自夜至将晓，自将晓至明朝，叙述详明而富于变化，描写真切而生动传神，体现了杜甫律诗结构既严谨又灵动、诗意既明达又蕴藉的特点。

题玄武禅师屋壁

杜 甫

hé nián gù hǔ tóu
何 年 顾 虎 头，
mǎn bì huà cāng zhōu
满 壁 画 沧 洲。

chì rì shí lín qì
赤 日 石 林 气，
qīng tiān jiāng hǎi liú
青 天 江 海 流。

xī fēi cháng jìn hè
锡 飞 常 近 鹤，
bēi dù bù jīng ōu
杯 渡 不 惊 鸥。

sì dé lú shān lù
似 得 庐 山 路，
zhēn suí huì yuǎn yóu
真 随 惠 远 游。

◎ **注释**

①〔玄武禅师〕玄武庙中的僧人。禅师是对和尚的尊称。②〔顾虎头〕即东晋著名画家顾恺之，字长康，小字虎头。相传他曾在建康（今南京）瓦官寺墙壁上题画维摩诘像，画讫，光耀月余。③〔沧洲〕滨水的地方。古时常用来称隐士的居处。此处是指壁画上高人隐士居住之地。④〔惠远〕东晋时高僧，曾在庐山结庐修行。一时名人如刘遗民、雷次宗辈，并弃世遗荣，依远游止。

◎ **译文**

什么时候顾恺之留下这精彩的壁画，壁画里全是玄武山中的妙境。只见赤日当空也破不了山林蓊郁之气，青天下江水东流入海。锡杖和白鹤离得不远，用木杯渡江的高僧连鸥鸟也没有惊动。上山的路好像是庐山的路，真想远游去追随惠远高僧。

◎ **赏析**

这首平起、首句入韵的五律是一首题画诗。诗人在观赏了玄武禅师寺中的壁画后写下此诗，一方面再现壁画的内容，另一方面抒发观画后的感想。此诗以发问开始，首联借用东晋大画家顾恺之来赞美壁画作者的大手笔：什么时候顾恺之留下这精彩的壁画，壁画里全是玄武山中的妙境。起得很不平常。颔联才以精练的语言具体地再现壁画的内容。只见赤日当空也破不了山林蓊郁之气，青天下江水东流大海，寥寥十字描绘了一幅雄浑图景，概括力和表现力都很强。颈联因为要切合寺院中的壁画这一特点，所以连用《高僧传》中两个典故。一是僧侣宝志与白鹤道人比斗：梁时，舒州潜山风光奇绝，僧侣宝志与白鹤道人都想到那里去住。梁武帝知道他们都有些神通，令他们各用物在想要住的地方做个标志。道人放出鹤，和尚则挥锡杖并飞入云中。结果，锡杖比鹤先到，白鹤道人只得另选地方居住。二是杯渡禅师事：传说古时有位高僧乘木杯渡海而来，人们称他为杯渡禅师。这也是壁画中的内容。最后两句是作者观看壁画时的联想，表现了一种消极出世的思想。这是因为当时杜甫因兵乱避居梓州，寄人篱下，生活窘困，前途渺茫，所以产生归隐山林的想法。这首诗用到了很多和宗教有关的传说典故，将玄武庙中的壁画描绘得精彩纷呈，如在目前。这处庙宇的特点一是年代久远，二是临水而建，三是幽深寂静，四是多有隐者高人居住。这些特点全凭一墙壁画为证。胡应麟《诗薮·内编》曰："'荒庭垂橘柚，古屋画龙蛇'，'锡飞常近鹤，杯渡不惊鸥'，杜用事入化处。然不作用事看，则古庙之荒凉，画壁之飞动，亦更无人可着语。此老杜千古绝技，未易追也。"

终南山

王　维

太乙近天都，连山到海隅。

白云回望合，青霭入看无。

分野中峰变，阴晴众壑殊。

欲投人处宿，隔水问樵夫。

◎ **注释**

①〔太乙〕终南山的别名。②〔天都〕天帝居处，借指天空。③〔海隅〕海边，海角。④〔青霭〕青色的烟雾。⑤〔分野〕古人将天上的二十八星宿和地上的各州对应，分为若干区域，叫分野。地上的每一个区域都对应星空的某一处分野。⑥〔人处〕有人居住的地方。

◎ **译文**

高高的太乙山与天相接，山连着山一直延伸到海边。白云缭绕，回望中混成一片；青雾迷茫，进入山中都不见。中央主峰把终南山东西隔开，各山间山谷迥异，阴晴多变。想在山中找个人家去住宿，隔水询问樵夫是否方便。

◎ **赏析**

这是一首仄起、首句入韵的五律。开元二十九年（741 年），王维回到京城后，曾隐居终南山。该诗当作于这一时期。本诗以诗人的游踪为主线，对终南山的美丽景象做了生动描绘。首联运用夸张的手法，给读者一个终南山山势高峻、延绵遥远的印象。"太乙"为终南山主峰，"近天都"将终南山的"高峻"勾勒出来；"海隅"表现了终南山延绵之广。这两句写远景，视野开阔，意境宏大。颔联通过"白云"作衬，虚实结合；"青霭入看无"带读者进入神秘的终南山的氤氲之中。其观景视点由远及近，随着游踪的变化，景色也迥异。原先白云缭绕的山峰，此时却没有一点儿雾霭的踪迹了。颈联着眼于终南山的各个子峰，中央主峰把终南山东西隔开，各山间山谷迥异，阴晴多变。"变"字道出了终南山的山峦起伏之大，子峰之多。"众壑"句间接地点出终南山群峰相隔的距离，"殊"字更意味深长地道出了"同山不同天"的奇异。尾联却抛开写景，转向记事。如此美好的终南山，景色悠然，令无数游客恋恋不舍，以至于诗人"欲投人处宿"，其心境由此看出。投宿山中一则可以舒缓游走之累，再则能饱览山色之美、山野之趣，品味其幽静，而自古终南山就是文人骚客隐逸休憩之地，王维自然不会错过这个机会。"隔水问樵夫"，把读者的注意力引向山中之水、山野之夫。整首诗情景交融，寓心于山水，诗人心绪的愉悦如山泉般喷涌而出，展现出一种恢宏壮大的气势，以及终南山之壮美景象。

寄左省杜拾遗

岑参

lián bù qū dān bì　　fēn cáo xiàn zǐ wēi
联 步 趋 丹 陛，分 曹 限 紫 微。

xiǎo suí tiān zhàng rù　　mù rě yù xiāng guī
晓 随 天 仗 入，暮 惹 御 香 归。

bái fà bēi huā luò　　qīng yún xiàn niǎo fēi
白 发 悲 花 落，青 云 羡 鸟 飞。

shèng cháo wú quē shì　　zì jué jiàn shū xī
圣 朝 无 阙 事，自 觉 谏 书 稀。

◎注释

①〔联步〕左右并排上朝。②〔趋〕碎步快行，很恭敬的样子。③〔丹墀〕宫殿前的红色台阶。④〔分曹〕作者与杜甫分属不同官署。曹，官署。⑤〔限紫微〕作者隶属于紫微（中书）省。⑥〔天仗〕宫中的仪仗。⑦〔惹〕带着，沾染。⑧〔御香〕金殿上的香气。⑨〔阙事〕使人缺憾、不满的事。阙，通"缺"。⑩〔谏书〕规劝皇帝的上疏。

◎译文

上朝时并排同登红色台阶，分署办公又和你相隔紫微。早晨跟着天子的仪仗入朝，晚上身染御炉的香气回归。满头增白发，悲叹春花凋落，遥望青云万里，羡慕群鸟高飞。圣明的朝廷大概没有憾事，我感觉规谏奏章日渐稀疏。

◎赏析

这首仄起、首句不入韵的五律是一首委婉而含讽的诗。诗人采用曲折隐晦的手法，感慨身世遭遇和发泄对朝廷不满的愤懑之情，名为赞朝廷无讽谏之事，实含深隐的讽刺之意。此诗辞藻华丽，雍容华贵，寓贬于褒，有绵里藏针之妙。唐肃宗至德二载（757 年）四月，杜甫从叛军囹圄中脱身逃到凤翔，见了唐肃宗李亨，任左拾遗。而岑参则于至德元载东归。从至德二载至乾元元年（758 年）初，两人同仕于朝。岑任右补阙，属中书省，居右署；杜任左拾遗，属门下省。"拾遗"和"补阙"都是谏官。岑、杜二人，既是同僚，又是诗友，这是他们的唱和之作。

首、颔两联是叙述与杜甫同朝为官的情景。表面看，好像是在炫耀朝官的荣华显贵，却从另外一方面看到朝官生活多么空虚、无聊、死板、老套。每天他们总是煞有介事、诚惶诚恐地"趋"（小跑）入朝廷，分列殿庑东西。但君臣们既没有办什么轰轰烈烈的大事，也没有定下什么兴利除弊、定国安邦之策。诗人特意强调，清早，他们随威严的仪仗入朝，而到晚上，唯一的收获就是沾染一点儿"御香"之气罢了。这种庸俗无聊的生活，日复一日，天天如此。这对于立志为国建功的诗人来说，不能不感到由衷的厌恶。颈联直抒胸臆，诗人向老朋友吐露内心的悲愤："白发悲花落，青云羡鸟飞"。一个"悲"字概括了诗人对朝官生活的感受。因此，低头见庭院落花而备感神伤，抬头睹高空飞鸟而顿生羡慕。如果联系当时"安史之乱"后国家疮痍满目、百废待兴的社会背景，对照上面四句所描写的死气沉沉、无所作为的朝廷现状，就会更加清楚地感受到"白发悲花落，青云羡鸟飞"两句包含的悲情，以及诗人对时事和身世的无限感慨。结尾两句，诗人愤慨至极，故作反语；与下句合看，既是讽刺，也是揭露。只有那昏庸的统治者才会自诩圣明，自以为"无阙事"，拒绝纳谏。正因为如此，身任"补阙"的诗人才"自觉谏书稀"。一个"稀"字，反映出诗人对唐王朝失望的心情。这和当时同为谏官的杜甫感慨"衮职曾无一字补"（《题省中壁》）、"何用虚名绊此身"（《曲江二首》），是语异而心同。所以杜甫读了岑参诗后，心领神会，奉答曰："故人得佳句，独赠白头翁。"（《奉答岑参补阙见赠》）他是看出了岑诗中的"潜台词"的。

登总持阁

岑 参

gāo gé bī zhū tiān　　dēng lín jìn rì biān
高 阁 逼 诸 天，　登 临 近 日 边。

qíng kāi wàn jǐng shù　　chóu kàn wǔ líng yān
晴 开 万 井 树，　愁 看 五 陵 烟。

jiàn wài dī qín lǐng　　chuāng zhōng xiǎo wèi chuān
槛 外 低 秦 岭，　窗 中 小 渭 川。

zǎo zhī qīng jìng lǐ　　cháng yuàn fèng jīn xiān
早 知 清 净 理，　常 愿 奉 金 仙。

◎ 注释

①〔诸天〕佛教术语，泛指天空。②〔万井〕指长安城内。言其街道多，方整如"井"字。③〔槛外〕栏杆之外。④〔渭川〕即渭河，一称渭水。黄河的最大支流。⑤〔清净理〕佛教禅理，主张远离罪恶与烦恼。⑥〔金仙〕用金色涂抹的佛像。

◎ 译文

总持阁高峻直逼云天，登上楼阁就像靠近日边。晴天万街之树尽收眼底，惹人愁思的是五陵云烟。凭栏远望，秦岭变得低矮；窗边看去，那渭水细小蜿蜒。早知佛家清净的道理，侍奉真仙是我长久的心愿。

◎ 赏析

这首仄起、首句入韵的五律（首句第二字"阁"旧属入声，药韵，故为"仄起"），是一首登临诗。首联用夸张的手法表现总持寺阁高耸入云的势态：总持阁高峻直逼云天，登上楼阁就像靠近日边。颔、颈两联写在阁上远眺所见：晴天万街之树尽收眼底，惹人愁思的是五陵云烟。凭栏远望，秦岭变得低矮；窗边看去，那渭水细小蜿蜒。尾联写总持阁的作用并抒写心中意愿：早知佛家清净的道理，侍奉真仙是我长久的心愿，表达出诗人对清净高远佛家生活的向往。诗人用了眺望的视角来写总持阁，主要用了夸张的修辞方法，还加入比喻、对比来增强艺术效果。"逼诸天""近日边"，这是夸张阁高。"晴开万井树，愁看五陵烟"，也是夸张，但是在意义上还有一种递进，使高阁的形象更具体。"低秦岭""小渭川"有夸张，但也有对比，用秦岭、渭河来突出总持阁之高。其实在诗的结尾，诗人的态度里也有夸张的意思，他当然不会真的为了一座高阁而出家，这里只不过是为了进一步说明这座佛寺古阁的环境清雅、视野开阔罢了。全诗其实很有李白式的浪漫，李白的诗句里就常用到夸张的手法。也正是因为岑参在诗里如此淋漓尽致地专写总持阁之高，所以使作品在整体上有了一种很强大的气势，这就是前人所说的岑参诗"语奇体峻，意亦造奇"（殷璠《河岳英灵集》）的特色。

登兖州城楼

杜 甫

东郡趋庭日，南楼纵目初。

浮云连海岱，平野入青徐。

孤嶂秦碑在，荒城鲁殿余。

从来多古意，临眺独踌躇。

◎ 注释

①〔兖州〕唐代州名，在今山东省。杜甫的父亲杜闲时任兖州司马。②〔东郡趋庭〕到兖州看望父亲。③〔海岱〕东海、泰山。④〔平野〕空旷的原野。⑤〔入〕一直延伸。⑥〔青徐〕指青州（今山东益都）、徐州（今江苏徐州）。此两州与兖州相邻。⑦〔孤嶂〕独立的山峰，指泰山。⑧〔秦碑〕秦代碑刻。秦始皇命人在泰山所刻为自己歌功颂德的石碑。⑨〔鲁殿〕汉时鲁恭王在曲阜城修的灵光殿。⑩〔古意〕伤古的意绪。

◎ 译文

我来兖州看望父亲的时候，初次登上南城楼放眼远眺。飘浮的白云连接着东海和泰山，平坦的原野一直延伸到青、徐二州。秦始皇的石碑像一座高高的山峰屹立，鲁恭王修的灵光殿只剩下一片荒丘。我从来就有怀古伤感的意绪，在城楼上远眺，独自徘徊哀愁。

◎ 赏析

这首仄起、首句不入韵的五律是一首登临诗。首联点出登楼的缘由和时间。我来兖州看望父亲的时候，初次登上南城楼放眼远眺。"东郡"在汉代是兖州所辖九郡之一。"趋庭"用《论语·季氏》中孔子的儿子孔鲤"趋而过庭"事，指明是因探亲来到兖州，借此机会登城楼"纵目"观赏。"初"字指明是首次登楼。颔联写"纵目"所见：飘浮的白云连接着东海和泰山，平坦的原野一直延伸到青、徐二州。"海"指东海，"岱"指泰山。兖、青、徐等州在山东、江苏一带。"浮云""平野"四字，用烘托手法表现了兖州与邻州都位于辽阔平野之中，浮云笼罩，难以分辨。"连""入"二字从地理角度加以定向，兖州往东与海"连"接，往西伸"入"徐地。颈联写纵目所见胜迹，并引起怀古之情。秦始皇的石碑像一座高高的山峰屹立，鲁恭王修的灵光殿只剩下一片荒丘。"孤嶂"指泰山，"秦碑"指秦始皇登泰山时臣下颂德的石刻，"荒城"指曲阜，"鲁殿"指汉景帝子鲁恭王所建鲁灵光殿。秦碑、鲁殿一存一残，引人遐思。尾联是全诗的总结：我从来就有怀古伤感的意绪，在城楼上远眺，独自徘徊哀愁。"从来"意为向来如此，"古意"承颈联而来，"多"说明深广。它包含两层意思：其一是诗人自指，意为诗人向来怀古情深；其二指兖州，是说早在东汉开始建兖州前，它就以古迹众多闻名。这就是杜甫登楼远眺而生起怀古情思的原因。"临眺"与首联"纵目"相照应。"踟蹰"即徘徊，表现了杜甫不忍离去之意。此诗是杜甫29岁时所作，是杜甫现存最早的一首五言律诗。此诗已初露他的艺术才华。诗人从纵横两方面，即地理和历史的角度，分别进行观览与思考，从而表达出登楼临眺时所触动的个人感受，是颇具艺术特色的。在艺术上，此诗首联、颔联、颈联均运用了工整的对句。通过对仗，将海岱连接、平野延伸、秦碑虽存、鲁殿已残等自然景观与历史遗迹，在动态中分别表现出来。尾联中"多""独"二字尤能传达作者深沉的历史反思与个人独特的感受。

送杜少府之任蜀州

王 勃

chéng què fǔ sān qín　　fēng yān wàng wǔ jīn
城　阙　辅　三　秦，　风　烟　望　五　津。

yǔ jūn lí bié yì　　tóng shì huàn yóu rén
与　君　离　别　意，　同　是　宦　游　人。

hǎi nèi cún zhī jǐ　　tiān yá ruò bǐ lín
海　内　存　知　己，　天　涯　若　比　邻。

wú wéi zài qí lù　　ér nǚ gòng zhān jīn
无　为　在　歧　路，　儿　女　共　沾　巾。

◎ 作者简介

王勃（650—676），字子安，古绛州龙门（今山西河津）人。唐代诗人。出身儒学世家，与杨炯、卢照邻、骆宾王并称为"初唐四杰"，王勃为四杰之首。据《旧唐书》记载，王勃自幼聪敏好学，六岁即能写文章，文笔流畅，被赞为"神童"。九岁时，读颜师古注《汉书》，作《汉书指瑕》十卷以纠正其错。十六岁时，应幽素科试及第，授职朝散郎。后在沛王李贤府中任王府修撰，因作《檄英王鸡》被赶出沛王府。之后，王勃历时三年游览巴蜀山川景物，创作了大量诗文。返回长安后，补虢州参军。在参军任上，因私杀官奴而再次被贬。唐高宗上元三年（676年）八月，自交趾探望父亲返回时，不幸渡海溺水，惊悸而死。王勃的主要文学成就是骈文，无论是数量还是质量，堪称一时之最，代表作品有《滕王阁序》等。在诗歌体裁方面擅长五律和五绝，代表作品有本诗（一作《送杜少府之任蜀川》）。

◎ 注释

①〔杜少府〕作者的朋友。少府，官名。②〔城阙〕城，城墙；阙，皇宫门前的望楼。此处指唐朝的京都长安。③〔辅三秦〕辅，护持，拱卫。三秦，

长安附近的关中地区。项羽灭秦后，曾分秦国的故地为雍、塞、翟三国，故称三秦。④〔风烟〕风光烟色。⑤〔五津〕指四川岷江中的五个渡口，即白华津、万里津、涉头津、江南津、江首津。此处用来代指四川。⑥〔比邻〕近邻。⑦〔无为〕不要做出。⑧〔歧路〕岔道口，指临别分手的地方。

◎ **译文**

古代三秦之地拱卫着长安城宫阙，风烟迷茫望不到蜀州岷江的五津。与你挥手作别时怀有难舍的情意，你我都是远离故乡出外做官之人。四海之内有你做我的知己，虽远隔天涯海角都像在一起为邻。请别在分手的岔路上伤心痛哭，就像多情的少年男女彼此泪沾衣襟。

◎ **赏析**

这首仄起、首句入韵的五律是一首送别诗。"少府"是唐朝对县尉的通称。这位姓杜的少府将到四川去上任，王勃在长安相送，临别时赠送给他这首诗。首联写送别之地和友人"之任"的处所。古代三秦之地拱卫着长安城宫阙，风烟迷茫望不到蜀州岷江的五津。长安被辽阔的三秦地区所"辅"，突出了雄浑阔大的气势。"风烟望五津"，用一个"望"字，将秦蜀二地联系起来，好似诗人站在三秦护卫下的长安，遥望千里之外的蜀地。这不仅拓宽了诗的意境，使读者的视野一下子铺开，而且在心理上拉近了两地的距离，使人意识到既然"五津"可望，那就不必为离别而忧伤。首联创造出雄浑壮阔的气象，为全诗奠定了豪壮的感情基调。颔联劝慰友人：我和你都是远离故土、宦游他乡的人，离别乃常事，何必悲伤呢？此次友人孤身前往蜀地，举目无亲。作者在这里用两人处境相同、感情一致来宽慰朋友，以减轻他的悲凉和孤独之感。惜别之中显现诗人胸襟的阔大。首联两句格调高昂，属对精严。颔联两句则韵味深沉，对偶不求工整，比较疏散。这固然反映了当时律诗还没有一套严格的规定，却也有其独到的妙处。以散调承之，使文情跌宕。颈联把前面淡淡的伤离情绪一笔荡开：即使远隔天涯，也犹如近在咫尺。这与一般的送别诗情调不同，含义极为深刻，既表现了诗人乐观宽广的胸襟和对友人的真挚情谊，也道出了诚挚的友谊可以超越时空界限，给人以莫大的安慰和鼓舞，因而成为脍炙人口的千古名句。尾联慰勉友人不要像青年男女一样，为离别泪湿衣巾，而要心胸豁达，坦然面对。全诗气氛变悲凉为豪放。这首诗四联均紧扣"离别"起承转合，诗中的离情别意及友情得到了很好的展现。古代的送别诗，大都表现"黯然销魂"的离情别绪。王勃的这一首，却一洗悲酸之态，意境开阔，音调爽朗，独标高格；又具有深刻的哲理，不愧为古代送别诗中的上品。

送崔融

杜审言

jūn wáng xíng chū jiàng　　shū jì yuǎn cóng zhēng
君 王 行 出 将 ，　书 记 远 从 征 。

zǔ zhàng lián hé què　　jūn huī dòng luò chéng
祖 帐 连 河 阙 ，　军 麾 动 洛 城 。

jīng qí zhāo shuò qì　　jiā chuī yè biān shēng
旌 旗 朝 朔 气 ，　笳 吹 夜 边 声 。

zuò jué yān chén sǎo　　qiū fēng gǔ běi píng
坐 觉 烟 尘 扫 ，　秋 风 古 北 平 。

◎ 注释

①〔崔融〕杜审言的友人，字安成，齐州全节（今山东历城）人。唐代文学家。时任节度使书记官，与杜审言有深交。②〔行出将〕将要派遣将军出征。③〔书记〕幕府中主管文字工作的官员。此处指崔融。④〔祖帐〕为送别行人在路上设的酒宴帷帐。⑤〔连河阙〕从京城连续到黄河边。阙，宫殿。指京城。⑥〔军麾〕古代军中用以指挥作战的旗帜。此处代指军队。⑦〔朔气〕北方的寒气。笳，即胡笳。一种管乐器，汉魏时流行于塞北和西

域，军营中常用来号令士卒。⑧〔坐觉〕安坐军中，运筹帷幄。⑨〔烟尘〕古时边境有敌入侵，便举火焚烟报警，这里指战事。⑩〔古北〕即古北口，长城隘口之一，在今北京市，是古代军事要地。这里借指北方边境。

◎ **译文**

君王将派遣大将出师远征，你作为书记官也奉命随行。饯别的酒宴帷帐连接着黄河与京都，雄壮的军威轰动整个洛阳城。军旗在早晨的寒气中飞扬，胡笳在夜晚的边境上传鸣。你稳坐中军一扫战争烟尘，北方的边境秋天就能平定。

◎ **赏析**

这首平起、首句不入韵的五律，是杜审言为送别好友崔融而作。首联叙事，写友人奉命随行远征，交代送别的原因：君王将派遣大将出师远征，作为书记官也奉命随行。"君王"与"书记"，"出将"与"从征"的对举，流露出诗人对友人的称赞，也暗含送别之意，还包括期望朋友建功立业之意。颔联写送别的场面气魄宏大、阵势壮观。饯别的酒宴帷帐接连黄河与京都，雄壮的军威轰动整个洛阳城。诗人用想象和夸张的手法写出征时热烈隆重的饯别场面和威严雄壮的军容。颈联写诗人想象大军到达边境后的情境：军旗在早晨的寒气中飞扬，胡笳在夜晚的边境上传鸣。字里行间洋溢着豪气，渲染出军营的肃穆、士气的高昂，以及战场的悲壮。尾联推想此去必然扫平叛军，清除烟氛：你稳坐中军一扫战争烟尘，北方的边境秋天就能平定。展示出将士飘逸豪放的气度和必胜的信念，表达了诗人对崔融的鼓励与祝愿。此诗虚实相照，意趣盎然，格调古朴苍劲，音韵铿锵有力。送别抒情具有大丈夫气，充满着胜利的信心和令人鼓舞的力量。

扈从登封途中作

宋之问

zhàng diàn yù cuī wéi　　xiān yóu shí zhuàng zāi
帐　殿　郁　崔　嵬，　仙　游　实　壮　哉。

xiǎo yún lián mù juǎn　　yè huǒ zá xīng huí
晓　云　连　幕　卷，　夜　火　杂　星　回。

gǔ àn qiān qí chū　　shān míng wàn shèng lái
谷　暗　千　旗　出，　山　鸣　万　乘　来。

hù yóu liáng kě fù　　zhōng fá yàn tiān cái
扈　游　良　可　赋，　终　乏　掞　天　才。

◎ 作者简介

宋之问（656？—713？），字延清，一字少连，汾州（今山西汾阳）人，一说虢（guó）州弘农（今河南灵宝）人。初唐诗人。唐高宗上元年间进士，官至考功员外郎等。其诗多歌功颂德之作，讲究声律，文辞华靡。与沈佺期齐名，并称"沈宋"。作品收入《宋之问集》。

◎ 注释

①〔扈〕随从。②〔登封〕今河南省登封县。③〔帐殿〕皇帝出巡时休息的帐幕。④〔郁〕积聚。⑤〔崔嵬〕高峻的样子。此指帐幕高大。⑥〔仙游〕皇帝出巡。⑦〔良可赋〕实在值得赋诗歌颂。⑧〔掞天才〕颂扬天子功德的才能。掞，舒展，铺张。此处作"抒发"讲。

◎ 译文

宫殿般的帐幕聚集如山，皇帝出巡的场面实在壮观。清晨云雾连同帐幕涌动卷起，夜间灯火夹杂星光缭绕回旋。幽暗的山谷里千旗涌出，天子车驾到来，山中高呼万岁的声音震天。我随同出游，感到此行确实值得写诗歌诵，但终究还是缺少才华，写不好歌颂皇帝的诗篇。

◎ 赏析

这首仄起、首句不入韵的五律，是宋之问随武则天登嵩山祭天时所作，极力为武则天歌功颂德。万岁通天元年（696年），武则天登嵩山祭天，宋之问随行。古代帝王为报答天地恩德，并向天地祈求福寿，常举行封禅大典。在泰山上筑坛祭天为"封"，在泰山下辟地祭地为"禅"，后来扩大为五岳都可封禅。首联描绘皇帝出巡的壮观场面：皇帝宫殿般的帐幕聚集如山，皇帝出巡的场面实在壮观。"仙游"是对皇帝出巡的美赞。颔、颈两联承接首联，进一步夸赞出巡的场面：清晨云雾连同帐幕涌动卷起，夜间灯火夹杂星光缭绕回旋。幽暗的山谷里千旗涌出，天子车驾到来，山中高呼万岁的声音震天。写得有声有色，壮丽非凡。这两联中，"晓云"与"夜火"、"千旗出"与"万乘来"对仗极为工巧。"卷""回"两个动词用得准确生动，场面描写得极为热烈，充满对武则天的歌颂。"万乘"既是指称皇帝，又是对车辆极多的形容，一词二指，很是巧妙。尾联说：我随同出游，感到此行确实值得写诗歌诵，但终究还是缺少才华，写不好歌颂皇帝的诗篇。这是诗人的自谦。宋之问的诗才是深得武则天喜爱的。据《旧唐书》记载，武则天游河南洛阳龙门，命随从官员作诗，左史东方虬诗作先成，武则天赐给锦袍，之后宋之问献诗，武则天赞赏其诗句更高，又夺已赠给东方虬的锦袍赏给宋之问。由此可见宋之问是深得武则天眷顾的。

题义公禅房

孟浩然

义公习禅寂，结宇依空林。

户外一峰秀，阶前众壑深。

夕阳连雨足，空翠落庭阴。

看取莲花净，方知不染心。

◎ 注释

①〔义公〕唐时高僧，作者之友。②〔禅房〕僧房。③〔习禅寂〕习惯于禅房的寂静。④〔结宇〕造房子。⑤〔空翠〕树木的影子。⑥〔莲花〕指《妙法莲花经》。

◎ 译文

义公高僧安于禅房的寂静，将房子建好，靠近幽寂的树林。门外有一座秀丽的山峰，台阶前许多沟壑很深。多天的雨停了，夕阳斜照，禅院落下树木的翠荫。诵读《妙法莲花经》心里清静，这才知他有一尘不染的禅心。

◎ 赏析

这是一首平起、首句不入韵的五律。此诗由赞美禅房清幽到赞美高僧义公禅心不染，曲折地表达了禅寂的情趣和对世俗社会的厌倦。全诗语言清淡秀丽，由景清写到心静，情调古雅，构思巧妙，意境高远，动人心神，是孟浩然诗歌艺术的代表作之一。首联写义公高僧安于禅房的寂静，将房子建好，靠近幽寂的树林。"禅寂"是佛家语，佛教徒坐禅入定，思唯寂静。义公为了"习禅寂"，在空寂的山中修建禅房。"依空林"点出禅房的背景，是对下文的铺垫。颔联承接首联正面描写禅房周围的景色：门外有一座秀丽的山峰，台阶前有许多幽深的沟壑。人到此地，瞻仰高峰，注目深壑，自有一种断绝尘想的意绪。颈联一转，描写山中气象：多天的雨停了，夕阳斜照，树木的翠荫落在禅院中。一个"足"字，点出雨之大，把此地树木、山石、禅房洗得干干净净。一个"空"字，点出禅院的空寂，包含着对义公清静脱俗、一心修禅的赞扬，也包含着诗人对这座禅房的喜爱。尾联由写景转向写人，景人合一，清净之境正合清静之人。"莲花"是佛家语，指通常所说的"青莲"。青莲花清净香洁，不染纤尘。这两句点破了写景的用意，归结出此诗的主题。诗人赞美禅房，就是赞美一位虔诚的高僧，同时也寄托着诗人自己的隐逸情怀。

醉后赠张九旭

高　适

shì shàng màn xiāng shí　cǐ wēng shū bù rán
世　上　漫　相　识，此　翁　殊　不　然。

xìng lái shū zì shèng　zuì hòu yǔ yóu diān
兴　来　书　自　圣，醉　后　语　尤　颠。

bái fà lǎo xián shì　qīng yún zài mù qián
白　发　老　闲　事，青　云　在　目　前。

chuáng tóu yì hú jiǔ　néng gèng jǐ huí mián
床　头　一　壶　酒，能　更　几　回　眠。

◎注释

①〔张九旭〕即张旭，字伯高，排行第九。唐代著名书法家、诗人。以草书著称，人称"草圣"。又喜饮酒，与李白等合称"饮中八仙"。玄宗时召为书学博士。②〔漫相识〕随意交往。漫，随便。③〔殊不然〕根本不是这样。④〔书自圣〕书法自然达到很高的成就。⑤〔闲事〕无事。

⑥〔青云〕这里是青云直上之意。指玄宗召张旭为书学博士一事。⑦〔能更〕作"更能"。⑧〔几回眠〕几回醉。

◎ **译文**

世上的人随便交朋友，而这位老人却不这样。兴致一来书法自然天成，醉酒之后说话尤其癫狂豪放。头发白了恬然自乐不管闲事，才能显绝马上就能青云直上。床头上总是放着一壶酒，人生能有几回醉倒眠床！

◎ **赏析**

这是一首仄起、首句不入韵的五律。这首赠友诗用轻松随意的口吻展现了张旭的人品、性格及特长爱好。同时，诗歌也描写了张旭无忧无虑、自由自在的生活，赞扬了张旭淡泊名利、不随波逐流的孤高品质，抒发了诗人对张旭及其生活方式的倾慕之情。首联先写张旭的与众不同：世上的人随便交朋友，而张旭这位老人却不这样，把"世人"和"此翁"做了对比，看似随意，却一下子就引起了读者注意，起得十分有力。如果说第一联只是虚写，那么，以下各联即转入对张旭形象的具体刻画，是实写。字里行间，倾注着诗人对张旭无比钦敬的感情。颔联写张旭神态十分传神：兴致一来书法自然天成，醉酒之后说话尤其癫狂豪放。张旭精于书法，尤善草书，逸势奇舞，连绵回绕，自创新格，人称"草圣"。张旭在酒醉兴来之时，书法就会达到超凡入圣的境界，言语也更加狂放不羁，一副天真情态。颔联承接首联说的"殊"，写张旭书法超凡，性格癫狂，同时也暗示了书法艺术重在性灵的天然流露。颈联赞美了张旭泊然于怀、不求名利的品质：头发白了恬然自乐不管闲事，才能显绝马上就能青云直上。"青云"这里指玄宗召张旭为书学博士一事。这一联写得十分传神，我们仿佛看到一位白发垂垂、蔼然可亲的老者，他不问世事，一身悠闲，轻松自得。他虽不乐仕进，但其高超的书艺却受到人们喜爱，甚至上达天听，被封为书学博士。尾联承接上联，继续推进，描写张旭的日常生活：床头上总是放着一壶酒，人生能有几回醉倒眠床！略带调侃意味。至此，宴席间的热烈气氛，宴饮者的融洽关系，皆如在眼前。这是以醉写醉，以自己的狂放衬托张旭的狂放，使题目中的"醉后"二字得到了充分的印证。全诗笔调轻灵，语言清新明朗，张旭的"草圣"形象真切动人。

玉 台 观

杜 甫

hào jié yīn wáng zào　　píng tái fǎng gǔ yóu
浩 劫 因 王 造，平 台 访 古 游。

cǎi yún xiāo shǐ zhù　　wén zì lǔ gōng liú
彩 云 萧 史 驻，文 字 鲁 恭 留。

gōng què tōng qún dì　　qián kūn dào shí zhōu
宫 阙 通 群 帝，乾 坤 到 十 洲。

rén chuán yǒu shēng hè　　shí guò běi shān tóu
人 传 有 笙 鹤，时 过 北 山 头。

◎ 注释

①〔玉台观（guàn）〕故址在今四川阆中，相传为唐高祖之子滕王李元婴所建。②〔浩劫〕道家称宫观的台阶为浩劫。劫，台阶，为道家用语。③〔平台〕古迹名。在今河南商丘东北。相传为春秋时宋国皇国父所筑。此处指玉台观。④〔彩云〕指壁画上的云彩。⑤〔萧史〕此处用"乘鸾跨凤"典故。⑥〔鲁恭〕即鲁恭王刘馀，曾造灵光殿。⑦〔群帝〕道教信徒认为，天有群帝，即五方的天帝。⑧〔乾坤〕代指玉台观的殿宇。⑨〔十洲〕古代传说中仙人居住的十个岛。⑩〔"人传"句〕《列仙传》中载有王子乔乘鹤飞升成仙的故事。

◎ 译文

玉台观是滕王建造的，现在去玉台观作访古之游。壁画上仙人萧史站在彩云之中，石碑上的序文像鲁恭王在灵光殿所留。玉台观高耸直通五方天帝，殿宇中的壁画画出了仙界十洲。人们传说曾听到笙鸣鹤叫，大概是王子乔乘鹤飞过北山头。

◎ **赏析**

这是一首仄起、首句不入韵的五律。（首句第二字"劫"今读 jié，阳平声，但旧读属入声洽韵，故为"仄起"。）杜甫所作的《玉台观》共有二首，此为第二首，大约创作于代宗广德二年（764 年）。首联第一句点出建造玉台观之人——滕王。"浩劫"为道家用语，指宫观的台阶。之后笔锋顺势直下，紧扣一个"古"字展开。颔联巧用典故，富有浪漫主义色彩：壁画上仙人萧史站在彩云之中，石碑上的序文像鲁恭王在灵光殿所留。"彩云"指壁画上的云彩。"萧史"此处用"乘鸾跨凤"典故。萧史为秦穆公时人，善吹箫，穆公女儿弄玉也好吹箫，秦穆公将女儿嫁给他为妻，并筑凤台让他们居住。"鲁恭"即鲁恭王刘馀，曾造灵光殿。此处借指玉台观上也留下了滕王的手迹，暗示滕王文采出众、能诗善文。此联用典，以浪漫笔触叙写历史往事。颈联承上启下，进一步渲染了玉台观的雄伟壮丽和壁画的生动传神：玉台观高耸直通五方天帝，殿宇中的壁画画出了仙界十洲。此联紧扣诗题，既写道观，又写历史；既突出了玉台观作为历史遗迹的雄伟气魄，又点出了玉台观作为道观的仙道之气，对仗工整，落墨精当。尾联由实入虚，增加了玉台观的神秘感和仙道之气：人们传说曾听到笙鸣鹤叫，大概是王子乔乘鹤飞过北山头。这里暗含着滕王也可能得道成仙、驾鹤离去之意。余音袅袅，启人遐思。杜甫是伟大的现实主义诗人，但这首诗却想象绮丽，充满浪漫气息，是杜诗中非常少见的。

观李固请司马弟山水图

杜甫

fāng zhàng hún lián shuǐ　　tiān tāi zǒng yìng yún
方 丈 浑 连 水 ， 天 台 总 映 云 。

rén jiān cháng jiàn huà　　lǎo qù hèn kōng wén
人 间 长 见 画 ， 老 去 恨 空 闻 。

fàn lǐ zhōu piān xiǎo　　wáng qiáo hè bù qún
范 蠡 舟 偏 小 ， 王 乔 鹤 不 群 。

cǐ shēng suí wàn wù　　hé chù chū chén fēn
此 生 随 万 物 ， 何 处 出 尘 氛 ？

◎ **注释**

①〔观李固请司马弟山水图〕因观赏李固的弟弟画的山水画而被邀请写的诗。李固，蜀人，作者的朋友，唐代宗时曾为司马。司马弟，李固的弟弟。②〔方丈〕海上三座仙山之一。③〔浑连水〕与水浑然相连。④〔天台〕即天台山。在今浙江省天台县西。⑤〔范蠡〕春秋时越国大夫，辅助越王勾践消灭了吴国，功成后携西施泛舟太湖，终不知去向。⑥〔王乔〕即王子乔。周灵王太子，成仙后乘白鹤而去。⑦〔尘氛〕尘俗的气氛。

◎ **译文**

方丈山与茫茫大海连成一片，天台山总隐在若隐若现的烟云之中。我常在人间的画卷中看到这样的景象。如今年纪大了，只能空闻不能亲临。范蠡游太湖的船偏小不能载我，王子乔所乘的仙鹤也不成群。我一生只能随万物沉浮，去哪里才能摆脱这人世俗尘？

◎ **赏析**

这首仄起、首句不入韵的五律是一首题画诗。首联以浪漫的笔调描写了画中的美景：方丈山与茫茫大海连成一片，天台山萦绕着若隐若现的烟云。把方丈、天台两座山与大海、烟云放在一起描绘，增强了画面的苍茫感和神秘感。颔联承接首联，由画面描绘转为观画感慨，写了自己欣赏完画作之后的内心感受：对于画中美景，如今年纪大了，只能空闻不能亲临。面对如此神山胜境，诗人慨叹自己年华已老，不能亲自前去游览一番。颈联转接上联的"老""空"二字，进一步抒发感慨：范蠡游太湖的船偏小，不能承载诗人；王子乔所乘的仙鹤，只有一只，也不能带着诗人飞升。诗人面对画中美景，只能徒自怨叹。而画中之景愈美，诗人的心情愈低沉。这是以美景衬哀情的手法，将诗人内心的悲苦之情衬托得愈加强烈，形成了鲜明的对比效果，顺势引出了尾联无可奈何的感叹：我一生只能随万物沉浮，去哪里才能摆脱这人世俗尘？一幅山水图，竟引无限情思，"诗中无一字言怨，而隐然幽怨之意见于言外"。此诗借观画抒感慨，意境开阔，文笔回荡，令人浮想联翩。

旅夜书怀

杜 甫

xì cǎo wēi fēng àn　　wēi qiáng dú yè zhōu
细 草 微 风 岸， 危 樯 独 夜 舟。

xīng chuí píng yě kuò　　yuè yǒng dà jiāng liú
星 垂 平 野 阔， 月 涌 大 江 流。

míng qǐ wén zhāng zhù　　guān yīng lǎo bìng xiū
名 岂 文 章 著， 官 应 老 病 休。

piāo piāo hé suǒ sì　　tiān dì yì shā ōu
飘 飘 何 所 似？ 天 地 一 沙 鸥。

◎注释

①〔书怀〕抒发情怀。②〔危樯〕高高的桅杆。③〔独夜舟〕孤舟夜泊。④〔著〕著名。⑤〔官应老病休〕年老病多也应该休官了。⑥〔何所似〕像什么呢？⑦〔沙鸥〕水鸟，飘零无常居。

◎ **译文**

微风吹拂着江岸的细草，夜里孤独地停泊桅杆高高的小舟。星星垂在天边，平野更显宽阔，月亮随波涌出，大江滚滚东流。我难道是因为文章而著名吗，年老多病仕途也应该罢休。自己到处漂泊像什么呢？就像天地间那孤零零的沙鸥。

◎ **赏析**

这是一首仄起、首句不入韵的五律。首联写近景：微风吹拂着江岸上的细草，夜里孤独地停泊桅杆高高的小舟。当时杜甫离开成都是迫于无奈。因此，这里不是空泛地写景，而是寓情于景，通过写景展示他的处境和情怀：像江岸细草一样弱小，像江中孤舟一般寂寞。颔联写远景：星星垂在天边，平野越显宽阔；月亮随波涌出，大江滚滚东流。这两句写景雄浑阔大，历来为人所称道。诗中辽阔的平野、浩荡的大江、灿烂的星月，是对"细草"和"独夜舟"的反衬，既表现了诗人孤独寂寞掩藏不住的壮心，又有对前程的期盼。颈联说：我难道是因为文章而著名吗，年老多病仕途也应该罢休。这是反语。仇兆鳌《杜诗详注》引旧注云："名实因文章而著，官不为老病而休，故用'岂''应'二字，反言以见意，所云书怀也。"说得颇为中肯。诗人一贯有远大的政治抱负，但长期被压抑而不能施展，声名竟因诗文而显著，这并不是他的心愿。杜甫此时确实是既老且病，但他的休官，却主要不是因为老和病，而是由于被排挤。这里表现出诗人心中的愤懑和不平，政治上失意是他漂泊、孤寂的主要原因。尾联说：自己到处漂泊像什么呢？就像天地间那只孤零零的沙鸥。自问自答，悲凉之状愈加突出。广阔的"天地"映衬一微小的"沙鸥"，愈显出自己飘零不遇的身世的可悲与可叹。这一联借景抒情，深刻地表现了诗人内心漂泊无依的无奈和感伤。全诗情景交融，意境雄浑，气象万千。《瀛奎律髓汇评》引纪昀的评论说："通首神完气足，气象万千，可当雄浑之品。"诗人将"细草""孤舟""沙鸥"这些景象，放置于无垠的星空平野之间，使景物之间的对比，自然烘托出一个独立于天地之间的飘零形象，衬托出深沉凝重的孤独感。这正是诗人身世际遇的写照。此诗前三联均用对仗，对得极为工巧，表现出非凡的艺术功力。

登岳阳楼

杜甫

xī wén dòng tíng shuǐ　　jīn shàng yuè yáng lóu
昔 闻 洞 庭 水，今 上 岳 阳 楼。

wú chǔ dōng nán chè　　qián kūn rì yè fú
吴 楚 东 南 坼，乾 坤 日 夜 浮。

qīn péng wú yí zì　　lǎo bìng yǒu gū zhōu
亲 朋 无 一 字，老 病 有 孤 舟。

róng mǎ guān shān běi　　píng xuān tì sì liú
戎 马 关 山 北，凭 轩 涕 泗 流。

◎ 注释

①〔岳阳楼〕游览胜地。在今湖南省岳阳市。②〔吴楚〕吴和楚均为春秋时代的国名。③〔坼〕裂开，分开。此处为分界之意。④〔字〕书信。⑤〔戎马〕喻指战事。⑥〔关山北〕此处泛指北方边地。⑦〔轩〕轩窗。指楼上窗户。⑧〔涕泗〕眼泪。

◎ 译文

早听过闻名遐迩的洞庭湖，今日有幸登上湖边的岳阳楼。湖面浩瀚像把吴楚东南隔开，天地像在湖面上日夜荡漾浮游。漂泊江湖，亲人好友没有一信寄来，年老体弱，蜗居在这一叶孤舟。关山以北战火仍未止息，凭窗遥望禁不住涕泪交流。

◎赏析

这是一首平起、首句不入韵的五律。此诗是杜甫诗中的五律名篇，前人称为盛唐五律第一。首联虚实交错，今昔对照，从而扩大了时空领域。早听过闻名遐迩的洞庭湖，今日有幸登上湖边的岳阳楼。写早闻洞庭盛名，然而到暮年才实现登楼观湖的愿望，初看似有初登岳阳楼的喜悦，其实句中却包含着早年抱负至今未能实现之情。颔联写洞庭湖的浩瀚无边。湖水浩瀚像把吴楚东南隔开，天地像在湖面日夜荡漾浮游。这两句是写洞庭湖的佳句，被王士禛赞为"雄跨今古"。"坼""浮"二字动感极强，也极远地延伸了读者的视野。对仗也很工整。颈联由写景转向写漂泊天涯、怀才不遇的心情：漂泊江湖，亲人好友没有一信寄来；年老体弱，蜗居在这一叶孤舟之中。"无一字""有孤舟"写尽孤苦无依，得不到一点儿精神和物质援助的苦况。杜甫自大历三年正月自夔州携带妻儿乘船出峡以来，既老且病，以舟为家，面对洞庭湖的汪洋浩渺，更加重了身世的孤危感。如此落寞孤苦的心境和颔联无比壮阔的景象成为反差极大的对比。尾联写眼望国家动荡不安，自己报国无门的哀伤：关山以北战火仍未止息，凭窗遥望禁不住涕泪交流。由感叹个人身世上升为对国家命运和百姓疾苦的关心。写"登岳阳楼"，却不局限于岳阳楼与洞庭水。诗人从大处着笔，吐纳天地，心系国家安危，悲壮苍凉，催人泪下。时间上抚今追昔，空间上广包吴楚。其身世之悲、国家之忧，浩浩茫茫，与洞庭水势融合无间，形成沉雄悲壮、博大深远的意境。从总体上看，江山的壮阔，与诗人胸襟的博大，在诗中互为表里。虽然悲伤，却不消沉；虽然沉郁，却不压抑。全诗纯用赋法，从头到尾都是叙述。《登岳阳楼》是运用赋法创造诗歌意象的典范。洞庭湖的大意象正与诗人的大胸怀合一。

江南旅情

祖咏

chǔ shān bù kě jí　　guī lù dàn xiāo tiáo
楚山不可极，归路但萧条。

hǎi sè qíng kàn yǔ　　jiāng shēng yè tīng cháo
海色晴看雨，江声夜听潮。

jiàn liú nán dǒu jìn　　shū jì běi fēng yáo
剑留南斗近，书寄北风遥。

wèi bào kōng tán jú　　wú méi jì luò qiáo
为报空潭橘，无媒寄洛桥。

◎ **注释**

①〔楚山〕楚地之山。②〔极〕穷尽。③〔南斗〕星名，南斗六星，即斗宿。④〔为报〕让人转告。此处作让人捎带解。⑤〔空潭〕深潭。古时有"昭潭无底橘洲浮"的说法。此处的空潭橘是泛指南方的橘子。⑥〔媒〕通"媒妁"。指代捎信、捎物之人。⑦〔洛桥〕洛阳天津桥。此处指代诗人的故乡洛阳。

◎ **译文**

楚地的山脉绵延不断没有尽头，返回故乡的路是如此崎岖萧条。看到大海天气晴朗就想看看雨景，听到大江波涛澎湃的声音就知道来了夜潮。我书剑飘零羁留在南斗之下，家书难寄就像北风南来路途遥遥。空潭的美橘熟了想寄一点儿回家，可惜没有人能把它带到洛阳桥。

◎ **赏析**

这首平起、首句不入韵的五律是一首记游诗，写江南游历和思乡情怀。首联说：楚地的山脉绵延不断没有尽头，返回故乡的路是如此崎岖萧条。诗人漂泊江南，走过不少地方，仍没走尽，"不可及"就是没走到最远处。但走得再远，家乡仍在心里，仍惦记着回家的路。颔联具体描写江南景色：看到大海天气晴朗就想看看雨景，听到大江波涛澎湃的声音就知道来了夜潮。江南临海，海岸线很长。诗人对江海已经很熟悉了。那"雨"和"潮"大约也暗指诗人思乡之情像雨一样缠绵，如潮一般起伏。颈联诗人视线由地面转向天空：我书剑飘零羁留在南斗之下，家书难寄就像北风南来路途遥遥。用星象和季风来渲染自己远离故乡羁绊在外，是心中对故乡的思念之情很殷切的表露，也为后面难以找到合适人选来寄送橘子做铺垫，心中浓烈的乡愁真实可见。尾联说：空潭的美橘熟了，想寄一点儿回家，可惜没有人能把它带到洛阳桥。吴橘已熟，可惜无人能捎回家乡让亲人品尝，字句中流露出遗憾。诗人把乡愁寄托在江南风物中，用意象表现乡愁之思，蕴藉中有豪情。诗人笔下的江南，多大景大音，少了几分婉约，却多了几分侠气。诗人用自己的性格和眼光观物，则物皆着自我的性格和色彩了。

宿龙兴寺

綦毋潜

xiāng chà yè wàng guī　　sōng qīng gǔ diàn fēi
香 刹 夜 忘 归，松 清 古 殿 扉。

dēng míng fāng zhàng shì　　zhū xì bǐ qiū yī
灯 明 方 丈 室，珠 系 比 丘 衣。

bái rì chuán xīn jìng　　qīng lián yù fǎ wēi
白 日 传 心 净，青 莲 喻 法 微。

tiān huā luò bú jìn　　chù chù niǎo xián fēi
天 花 落 不 尽，处 处 鸟 衔 飞。

◎作者简介

綦（qí）毋潜（692—749?），复姓綦毋，字孝通，虔州（今江西南康）人。唐代诗人。其诗清丽典雅，恬淡适然，后人认为他诗风接近王维。

《全唐诗》收录其诗一卷，共二十六首，内容多记述与士大夫寻幽访隐的情趣，代表作《春泛若耶溪》选入《唐诗三百首》。

◎ **注释**

①〔龙兴寺〕在今湖南省零陵县西南。②〔香刹〕香火寺院。此处指龙兴寺。③〔方丈室〕寺院中长老或住持所居之处。④〔比丘〕即和尚。⑤〔青莲〕本指产于印度的青色莲花，常用来指和佛教有关的事物，这里指佛经。

◎ **译文**

造访龙兴寺，夜深忘记了归去，青青的古松掩映着佛殿大门。灯火通明照亮方丈室，佛珠系在和尚衣服上闪烁着花纹。心地像阳光般明亮纯洁，佛法如莲花般圣洁清新。天女撒下的花朵飘落不完，处处被鸟儿衔上青云。

◎ **赏析**

这首仄起、首句入韵的五律，描绘了龙兴寺夜晚的美景，表达了诗人对佛门净地的虔诚向往。首联说：造访龙兴寺，夜深忘记了归去，青青的古松掩映着佛殿大门。诗人选取了夜空下宝刹静谧肃穆的景象，描绘出青松掩映的寺院在夜幕笼罩下的神秘幽静。"香刹"用嗅觉表现出佛殿香烟缭绕之状，也透露出诗人对这座宝刹的喜爱。"清""古"指的是古老和清净。颔联说：灯火通明照亮方丈室，佛珠系在和尚衣服上闪烁着花纹。灯火和明珠使方丈室和僧衣散发出光彩，表现出宝刹里大光明的氛围，暗喻佛光普照之意。颈联写道：心地像阳光般明亮纯洁，佛法如莲花般圣洁清新。满怀敬仰之情从字里行间透出。尾联谓：天女撒下的花朵飘落不完，处处被鸟儿衔上青云。这两句纯属造境，"天花"是佛教故事，源于佛经。此处暗喻佛门佛法无边，连飞鸟也要皈依了。此诗把夜宿龙兴寺的所见所闻与自己感受到的佛法结合起来，极力表现龙兴寺人物、风景，以及诗人对佛门净地的喜爱和虔诚向往。

破山寺后禅院

常 建

qīng chén rù gǔ sì　chū rì zhào gāo lín
清 晨 入 古 寺，初 日 照 高 林。

qū jìng tōng yōu chù　chán fáng huā mù shēn
曲 径 通 幽 处，禅 房 花 木 深。

shān guāng yuè niǎo xìng　tán yǐng kōng rén xīn
山 光 悦 鸟 性，潭 影 空 人 心。

wàn lài cǐ jù jì　wéi wén zhōng qìng yīn
万 籁 此 俱 寂，惟 闻 钟 磬 音。

◎ **作者简介**

常建（708—765?），字号不详。长安（今陕西西安）人。唐代诗人。开元十五年（727 年）进士。其诗的题材比较狭隘，虽然也有一些优秀的边塞诗，但绝大部分是描写田园风光、山林逸趣的名作，如《破山寺后禅院》《吊王将军墓》。尤其是前一首诗"曲径通幽处，禅房花木深"一联，广为传诵。今存《常建诗集》三卷和《常建集》二卷。

◎ **注释**

①〔破山寺〕即兴福寺，在今江苏省常熟市虞山北侧。②〔悦鸟性〕使鸟儿感到快乐。③〔人心〕世俗中荣辱得失的俗念。④〔万籁〕自然界各种声响。籁，孔穴中发出的声音。⑤〔钟磬〕寺庙中常设的乐器。为僧侣诵经、供斋发出信号，撞钟表示开始，击磬表示结束。

◎ **译文**

清早我走进古老的寺院，旭日映照着山上的树林。曲折的小路通向幽深处，禅房前后花木繁茂而幽深。山光明媚使飞鸟更加欢悦，潭清照影令人爽神净心。此时此刻万物都静寂无声，只听见敲钟击磬的声音。

◎ 赏析

这首平起、首句不入韵的五律是一首题壁诗。此诗抒写清晨游破山寺后禅院的观感，以凝练简洁的笔法创造了一个景物独特、幽深寂静的境界，表达了诗人游览名胜的喜悦和对高远境界的强烈追求。首联说：清早我走进古老寺院，旭日映照着山上的树林。佛家称僧徒聚集的处所为"丛林"，所以"高林"兼有称颂禅院之意，在光照山林的景象中显露着礼赞佛宇之情。颔联写禅院环境：弯曲的小路通向幽深处，禅房前后花木繁茂并幽深。创造出一个幽深寂静的禅味境界。这样幽静美妙的环境，使诗人惊叹、陶醉、忘情地欣赏起来。颈联转写"山光"和"潭影"：山光明媚使飞鸟更加欢悦，潭清照影令人爽神净心。此时此刻万物都静寂无声，只见寺后的青山焕发着日照的光彩，看见鸟儿自由自在地飞鸣欢唱；清清的水潭旁，自己的身影照在水中，心中的尘世杂念顿时涤除。一个"悦"字，点出连鸟也喜欢的大自在禅境。一个"空"字，点出佛门即空门，四大皆空，精神上极为纯净怡悦。尾联说：此时此刻万物都静寂无声，只听见敲钟击磬的声音。诗人领悟到了空门禅悦的奥妙，摆脱尘世一切烦恼，像鸟儿那样自由自在，无忧无虑。似是大自然和人世间的其他声响都寂灭了，只有悠扬而洪亮的钟磬之音引导人们进入纯净怡悦的境界。显然，诗人欣赏这禅院幽美绝世的环境，创造出忘情尘俗的意境，寄托了自己遁世无忧的情怀。正由于诗人着力于构思和造意，因此造语不求形似，而多含比兴，重在达意，引人入胜，耐人寻味。常建这首诗是在优游中写禅悟，但风格闲雅清隽，艺术上与王维的高妙、孟浩然的平淡都不相同，确属独具一格。

题松汀驿

张祜

山色远含空，苍茫泽国东。

海明先见日，江白迥闻风。

鸟道高原去，人烟小径通。

那知旧遗逸，不在五湖中。

◎作者简介

张祜（785？—849？），字承吉。中唐诗人。贝州清河（今河北邢台）人。出生在清河张氏望族，家世显赫，被人称作张公子，有"海内名士"之誉。初寓姑苏（今江苏苏州），后至长安。长庆中，令狐楚表荐之，不报。辟诸侯府，为元稹所排挤，遂至淮南，爱丹阳曲阿地，隐居以终。张祜在诗歌创作上取得了卓越成就。其《宫词》中有"故国三千里，深宫二十年"的句子，以是得名。《全唐诗》收录其诗歌三百四十九首。

◎注释

①〔松汀驿〕驿站名，在今江苏省太湖边上。②〔泽国〕多水之乡。此处指太湖及吴中一带。③〔海〕地面潴水区域大而近陆地者称海，内陆之水域大者亦称海，此处指太湖。太湖又称五湖。④〔先见日〕因东南近海，故能先见阳光。⑤〔迥〕远。⑥〔鸟道〕鸟飞的路径。⑦〔人烟〕人迹，有人居住之处。⑧〔旧遗逸〕指隐身遁迹的旧友。

◎译文

青翠的山色连接到遥远的天边，松汀驿在碧波苍茫的太湖东。早晨湖面明亮，可以先看到东升的旭日；在白晃晃的江面上，听到远处传来的风声。飞鸟通过的狭窄山谷能连接到高原，蜿蜒曲折的小路可以通到村中。哪晓得我那些遗世独立的老朋友，在太湖都一个个难觅踪影。

◎ **赏析**

这是一首仄起、首句入韵的五律。首联先写道：青翠的山色连接到遥远的天边，松汀驿在碧波苍茫的太湖东。点明松汀驿的环境地点，它靠山面水，易得山水佳胜。颔联承接首联说：早晨湖面明亮，可以先看到东升的旭日；在白晃晃的江面上，能够听到远处传来的风声。一个"先"字，一个"迥"字，写出这个小驿站风光的妙处。颈联一转，写飞鸟通过的狭窄山谷能连接到高原，蜿蜒曲折的小路可以通到村中。指出这里交通便利，虽有山，但有谷可"去"；径虽小，却有村能"通"。尾联又转而说：哪晓得我那些遗世独立的老朋友，在太湖都难觅踪影。那么多的老朋友为什么都离开这个好地方，不见踪影了呢？这些遗世独立的人可能隐居到更深的山里和更远的江湖中去了吧！至此诗人的意思才显露出来，前边那些诗句都是在为这两句作铺垫。

圣果寺

释处默

路自中峰上，盘回出薜萝。

到江吴地尽，隔岸越山多。

古木丛青霭，遥天浸白波。

下方城郭近，钟磬杂笙歌。

◎ 作者简介

释处默，生卒年不详。唐末诗僧，曾居住于庐山，常与贯休、罗隐等人交往。

◎ 注释

①〔圣果寺〕又名胜果寺，据传为唐末无著文喜禅师（820—900）创建，已毁，故址在今浙江省杭州市城南的凤凰山上。②〔盘回〕盘旋曲折。③〔薜萝〕薜荔和女萝，两者皆为野生植物。④〔江〕指钱塘江。江北属古吴国，江南属古越国。⑤〔尽〕尽头。⑥〔青霭〕青青的烟雾。

◎ 译文

通往寺院的小路从凤凰山中峰上行，盘旋弯曲的石径上挂满了薜荔女萝。山下的钱塘江流到吴地将尽的地方，江的对岸是越地群峰耸立的山野。满山古老的林丛被青青烟雾笼罩，滔滔的白浪在远方与云空相接。在山寺下，可望见附近的城郭，听见钟磬声里夹杂城内的笙歌。

◎ 赏析

这是一首仄起、首句不入韵的五律。这首诗境界开阔，描摹细腻，声色兼备，情景俱佳。首联写通往圣果寺的石径：通寺院的小路从凤凰山中峰而上，盘旋弯曲的石径上挂满了薜荔女萝。从诗中可见庙宇石径的高峻崎岖。颔联说：山下的钱塘江流到吴地将尽的地方，江的对岸是越地群峰耸立的山野。这是从山寺远望所见。远远望去，到江而吴地已尽，过江而去则为古越国地界。颈联分承颔联，继续写寺院周围的山水：满山古老的林丛被青青烟雾笼罩，滔滔的白浪在远方与云空相接，境界十分开阔。尾联从反面映衬首联：在山寺下望可见附近的城郭，听见钟磬声里夹杂城内的笙歌。这是俯瞰所见之景，意为清者自清浊者自浊，神仙境界亦不必远离人间，表现出这位诗僧对佛法和禅学的理解。

野 望

王 绩

dōng gāo bó mù wàng　　xǐ yǐ yù hé yī
东 皋 薄 暮 望 ， 徙 倚 欲 何 依 。

shù shù jiē qiū sè　　shān shān wéi luò huī
树 树 皆 秋 色 ， 山 山 惟 落 晖 。

mù rén qū dú fǎn　　liè mǎ dài qín guī
牧 人 驱 犊 返 ， 猎 马 带 禽 归 。

xiāng gù wú xiāng shí　　cháng gē huái cǎi wēi
相 顾 无 相 识 ， 长 歌 怀 采 薇 。

◎ 作者简介

王绩（589—644），字无功，自号东皋子、五斗先生，绛州龙门县（今山西河津）人。性简傲，嗜酒，能饮五斗，自作《五斗先生传》。撰《酒经》《酒谱》，注《老》《庄》。其诗近而不浅，质而不俗，真率疏放，有旷怀高致，直追魏晋高风。

◎ 注释

①〔东皋〕今山西省河津市的东皋村，为作者隐居之地。②〔徙倚〕徘徊彷徨。③〔怀采薇〕怀采薇之心。薇，是一种植物。相传周武王灭商后，伯夷、叔齐不愿做周的臣子，在首阳山上采薇而食，最后饿死。古时以"采薇"代指隐居生活。

◎ 译文

傍晚时分站在东皋纵目远望，我徘徊不定，不知该归依何方。层层树林都染上秋天的色彩，重重山岭只披覆着落日的余晖。放牧人驱赶着牛犊回家，猎人骑马带着鸟兽回归村庄。大家相看彼此互不相识，我长啸高歌真想隐居在山上！

◎ 赏析

这首平起、首句不入韵的五律，写的是山野秋景。全诗于萧瑟怡静的景色描写中表现出孤独抑郁的心情，抒发了惆怅、孤寂的情怀。首联说：傍晚时分站在东皋纵目远望，我徘徊不定，不知该归依何方。皋是水边地，东皋，指诗人家乡绛州龙门的一个地方。诗人归隐后常游北山、东皋，自号"东皋子"。"欲何依"化用曹操《短歌行》中"月明星稀，乌鹊南飞，绕树三匝，何枝可依"之句，表现了彷徨的心情。颔联说：层层树林都染上秋天的色彩，重重山岭只披覆着落日的余光。指在夕阳的余晖中，山野越发显得萧瑟。颈联是牧人与猎人的特写，带有牧歌田园风调：放牧人驱赶着牛犊回家，猎人骑马带着猎物回归村庄。颔联静，颈联动，两联光与色、远与近搭配得恰到好处。然而，风光虽好，却不是诗人的田园。尾联说：大家相看彼此互不相识，我长啸高歌真想隐居在山上！卒章显志，诗人表达出像伯夷、叔齐那样归隐的志向。这首《野望》有不施脂粉的朴素美。律诗作为一种新体裁，到初唐的沈佺期、宋之问手里才定型化。而早于沈、宋六十余年的王绩，已经能写出《野望》这样工整的律诗，说明他是一个勇于创新的人。

送别崔著作东征

陈子昂

jīn tiān fāng sù shā　bái lù shǐ zhuān zhēng
金 天 方 肃 杀， 白 露 始 专 征。

wáng shī fēi yào zhàn　zhī zǐ shèn jiā bīng
王 师 非 乐 战， 之 子 慎 佳 兵。

hǎi qì qīn nán bù　biān fēng sǎo běi píng
海 气 侵 南 部， 边 风 扫 北 平。

mò mài lú lóng sài　guī yāo lín gé míng
莫 卖 卢 龙 塞， 归 邀 麟 阁 名。

◎注释

①〔崔著作〕即崔融。崔融曾任著作佐郎一职。②〔金天〕秋天的别称。③〔肃杀〕萧瑟。四季之中，秋主肃杀，所以古代常在秋季征伐不义、处死犯人。④〔专征〕全权主持征伐。此处指出征。古代帝王常选择秋初至白露这一时节训练甲兵，然后出征作战。⑤〔王师〕帝王的军队。⑥〔乐（yào）战〕好战。乐，爱好，喜好。⑦〔之子〕这些从征的人，指崔融等。⑧〔海气〕西北谓大泽曰海，即今海子。此处指边地战尘。⑨〔边风〕指突厥等边地民族的骑兵。⑩〔归邀〕回来后邀取。⑪〔麟阁名〕显赫的功名。汉代在未央宫建麒麟阁，画功臣像于阁上，以褒彰其功德。

◎译文

金秋季节萧瑟寒风初起，白露时分开始发兵出征。朝廷军队并非爱好战争，你们用兵时要行事慎重。征伐定如海气席卷南国，敌骑如风扫荡河北卢龙。千万不要出卖卢龙要塞，更不必希求上麒麟阁扬名。

◎赏析

这首平起、首句不入韵的五律，作于武则天万岁通天元年（696年）。这一年，由于朝廷将帅对边事处置失误，契丹孙万荣、李尽忠发动叛乱，攻陷营州（《旧唐书·北狄传》）。武则天于同年七月任命梁王武三思为榆关道安抚大使，赴边地以备契丹。契丹辖地在今河北、辽宁一带，在武周都城洛阳之东，因此称东征。崔著作，指崔融，时任著作佐郎，以掌书记身份随武三思出征。首联点明出征送别的时间：金秋季节萧瑟寒风初起，白露时分开始发兵出征。这两句暗示朝廷军队乃正义之师，讨伐不义，告捷指日可待。"肃杀""白露"勾画出送别时的严峻气氛。颔联说：王师不喜战伐，以仁义为本。之子，指崔融。佳兵，本指精良的军队，也指玩弄武力、黩武纵杀。《老子》云："夫佳兵，本不祥物，或恶之，故有道者不处。"这里用"慎佳兵"来劝友人要慎重兵事，少杀戮，两句表面上是歌颂王师，实则规谏崔融，但用语委婉、含蓄。颈联盛赞朝廷军队的兵威，认为梁王大军东征

117

定能击败叛军，大获全胜。北平，郡名，在河北，初唐时称平州。这里指孙、李叛军的老巢。"海气""边风"都是带杀气的意象。尾联进一步以古人的高风节义期许友人。卢龙塞，在古代是河北通往东北的交通要道。麟阁，即麒麟阁。汉宣帝时曾画十一名功臣的形貌于其上，后来就以麒麟阁作为功成名就的象征。陈子昂一方面力主平叛，后来自己也亲随武攸宜出征，参谋帷幕；另一方面，他又反对穷兵黩武，反对将领们为了贪功邀赏而扩大战事，希望他们能像田畴那样以国家大义为重。此诗表达了诗人的凛然正气，词句铿锵，撼动人心。全诗质朴自然，写景议论不事雕琢。

陪诸贵公子丈八沟携妓纳凉晚际遇雨

杜 甫

其 一

luò rì fàng chuán hǎo　qīng fēng shēng làng chí
落 日 放 船 好， 轻 风 生 浪 迟。

zhú shēn liú kè chù　hé jìng nà liáng shí
竹 深 留 客 处， 荷 静 纳 凉 时。

gōng zǐ tiáo bīng shuǐ　jiā rén xuě ǒu sī
公 子 调 冰 水， 佳 人 雪 藕 丝。

piàn yún tóu shàng hēi　yīng shì yǔ cuī shī
片 云 头 上 黑， 应 是 雨 催 诗。

◎ **注释**

①〔丈八沟〕唐代皇家的避暑胜地。原址在今陕西西安城西南。开凿于唐天宝初年，起初作为一条人工河流，主要往京城运送物资。因为沟深一丈，宽八尺，所以叫丈八沟。②〔放船〕泛舟，荡舟。③〔调冰水〕用冰调制冷饮之水。④〔雪藕丝〕把藕的白丝除掉。

◎**译文**

落日映红了西天，贵公子在丈八沟携妓泛舟游玩；风轻吹水面，波浪细细迟缓。夹岸的竹林幽深，游客在这里流连；荷花静静摇曳，顿时暑解凉添。公子用冰块调制冷饮，佳人把藕的白丝扯断。头上黑云突现，应是催促我快作诗篇。

◎**赏析**

这首仄起、首句不入韵的五律是一首纪游诗。题目点出了这次纳凉游的缘由、地点、时间。"陪诸贵公子"点明了自己是来陪诸公子纳凉的。"携妓"指带着歌妓。歌妓是以歌唱为业的妓女。唐时豪富之家和著名文人多养歌妓。杜甫《宴戎州杨使君东楼》诗云："座从歌妓密，乐任主人为。"首联点明船游的时间、地点：落日映红了西天，携妓的公子在丈八沟放船；风轻吹水面，波浪细细迟缓。时间是傍晚，地点是丈八沟。颔联描绘纳凉处的景色：夹岸的竹林幽深，游客在这里流连；荷花静静摇曳，顿时暑解凉添。竹林幽深、荷花静摇，的确是避暑纳凉的好去处。颈联描写公子与歌妓纳凉的生活画面：公子用冰块调制冷饮，佳人把藕的白丝扯断。尾联写晚际遇雨：头上的黑云突现，应是催促我快作诗篇。作诗，催之亦未必速就，"应是雨催诗"，调笑中却有含蓄。杜甫这首诗描写唐代富贵人家的日常生活，再现了公子携妓纳凉的场面。

其 二

雨来沾席上，风急打船头。

越女红裙湿，燕姬翠黛愁。

缆侵堤柳系，幔卷浪花浮。

归路翻萧飒，陂塘五月秋。

◎ **注释**

①〔沾〕溅，打湿。②〔越女〕越地的美女。与下句的燕姬均代指歌妓。③〔翠黛〕指女子的眉毛。古时女子用螺黛（一种青黑色矿物颜料）画眉，故称眉为"翠黛"。④〔缆〕系船的绳子。⑤〔幔〕船上用以遮太阳的布幔。⑥〔翻〕反而，却。⑦〔萧飒〕（秋风）萧瑟。⑧〔陂塘〕水塘。此处指丈八沟。

◎ **译文**

飘落的雨点沾湿席上，卷雨的狂风扑打游船。越女的红裙儿淋湿，燕姬眉黛间愁添。摇橹靠岸在柳树上系好缆绳，船上的布幔落水随浪花漫卷。归路上反觉得秋风萧瑟，陂塘的五月凉似秋天。

◎ **赏析**

这首平起首句不入韵的五律，紧接第一首诗意。首联写雨来风急，领起全篇：飘来的雨点沾湿席上，卷雨的狂风扑打着游船。游兴正浓，突来狂风骤雨，未免煞了风景。颔联说：越女的红裙淋湿，燕姬眉黛间愁添。突来的大雨，淋湿了歌妓们的裙子，使她们神情惊恐。一场豪游被风雨搅了局。颈联说：摇橹靠岸，在柳树上系好缆绳，船上的布幔落水随浪花漫卷。豪游既然被搅，只好靠岸回返。尾联为这次纳凉游作结：归路上反觉得秋风萧瑟，陂塘的五月凉似秋天，可见乐不可极，万事皆然。原本一场豪华的纳凉之游，却以越女裙湿、燕姬愁惊、布幔落水的滑稽场景结束。老杜用逼真的写实手法，不露痕迹地传达出讽喻之意，真是大手笔。

宿云门寺阁

孙逖

xiāng gé dōng shān xià　　yān huā xiàng wài yōu
香 阁 东 山 下 ，烟 花 象 外 幽 。

xuán dēng qiān zhàng xī　　juǎn màn wǔ hú qiū
悬 灯 千 嶂 夕 ，卷 幔 五 湖 秋 。

huà bì yú hóng yàn　　shā chuāng sù dǒu niú
画 壁 余 鸿 雁 ，纱 窗 宿 斗 牛 。

gèng yí tiān lù jìn　　mèng yǔ bái yún yóu
更 疑 天 路 近 ，梦 与 白 云 游 。

◎ 注释

①〔云门寺〕故址在今浙江省绍兴市境内的云门山。东晋时建，是唐代有名的隐居之地。②〔香阁〕云门寺为佛寺，常年供香，故云。③〔东山〕即云门山。④〔烟花〕山花盛开的景色。此指美好的景致。⑤〔象外〕超然物象之外。此指意境。⑥〔幽〕远。⑦〔嶂〕像屏障一样陡峭的山峰。⑧〔斗牛〕指斗星宿和牛星宿。此处形容云门寺之高。⑨〔天路〕通天之路。

◎ 译文

云门寺坐落在东山之下，云烟飘，山花开，像幽静的世外桃源。夜里阁上悬灯高照，映照着千山万壑，五湖风卷起幔帐送来秋天。墙上的壁画只剩了几只大雁，纱窗里好像星宿在安眠。更怀疑上天的路近在眼前，我梦中驾着白云遨游天边。

◎ 赏析

这首仄起、首句不入韵的五律，是唐代诗人孙逖描写住宿在云门寺阁的感怀诗。首联以写意的笔法，勾勒出云门寺远景：云门寺坐落在东山之下，云烟飘，山花开，像幽静的世外桃源。首句点出云门寺的位置所在，次句写出寺阁所处的环境。"香阁"二字，切合佛寺常年供香的特点。

"象外"是说其寺幽静无比，超尘拔俗。这两句是远观，诗人此时还在投宿途中。颔联写道：夜里阁上悬灯高照，映照着千山万壑，五湖风卷起幔帐送来秋天。这是诗人到达宿处后凭窗远眺的景象。这两句对偶工稳，内蕴深厚，堪称是篇中的警句。"悬灯""卷幔"点明夜宿。诗人借悬灯写出夜色中壁立的千嶂，借卷幔写出想象中所见浩渺的太湖。这都是想象之辞。诗人逸兴遄飞，放笔窗外天地，写出了壮美的诗句，显示了宽广的胸襟。诗中以"秋"与"夕"点出节令与时间，并以"千嶂""五湖"意象表明云门山寺地势之高。颈联紧承"悬灯"和"卷幔"，写卧床环顾时所见：墙上的壁画只剩了几只大雁，纱窗里好像星宿在安眠。壁画残缺，足见佛寺之古老。斗牛星近在窗口，暗指云门寺之高。尾联写入梦后的情景：更怀疑上天的路近在眼前，我梦中驾着白云遨游天边。终于，诗人坠入梦乡，做起驾着白云凌空遨游的梦来。"疑"字将若有若无、迷离恍惚的梦境托出。全诗紧扣诗题，以时间为线，依次叙述赴寺、入阁、睡下、入梦，写足"宿"字；又以空间为序，由远而近，由外而内，首尾圆合，写尽云门寺的"高""古"，艺术结构上颇具匠心。

秋登宣城谢朓北楼

李 白

江城如画里，山晚望晴空。

两水夹明镜，双桥落彩虹。

人烟寒橘柚，秋色老梧桐。

谁念北楼上，临风怀谢公。

◎注释

①〔宣城〕今安徽省宣城市。②〔谢朓（tiǎo）北楼〕又名谢公楼，位于宣城近郊的陵阳山顶，南齐著名山水诗人谢朓任宣城太守时所建。因楼址在郡治之北，故取名"北楼"。③〔两水〕指宣城东郊的宛溪、句溪。④〔双桥〕宛溪上有凤凰、济川两桥，均为隋文帝时所建。⑤〔彩虹〕指水中的桥影。⑥〔谢公〕即谢朓。

◎译文

江城好像在画中一样美丽，山色已晚，我登上谢朓楼远眺晴空。两江之间桥洞像一面明亮的镜子，那两座桥仿佛天上落下的彩虹。橘林柚林寒凉地掩映在炊烟里，苍黄的秋色染上衰老的梧桐。还有谁会想着来谢朓北楼上，迎着萧飒的秋风怀念谢朓公。

◎赏析

这首平起、首句不入韵的五律，是一首风格独特的怀古诗。此诗为李白在"安史之乱"爆发前不久所作。李白在长安为权贵所排挤，被赐金放还，弃官而去，政治上一直处于失意之中，过着飘零四方的流浪生活。天宝十二载（753年）与天宝十三载的秋天，李白两度来到宣城，此诗当作于753年或754年的中秋节后。首联说：江城好像在画中一样美丽，山色已晚，我登上谢朓楼远眺晴空。诗人将他登览时所见开门见山地写了出来。颔联说：两江之间桥洞像一面面明亮的镜子，那两座桥仿佛天上落下的彩虹。"两水"指句溪和宛溪。宛溪源出峄山，在宣城的东北与句溪相会，绕城合流，所以说"夹"。因为是秋天，溪水更加澄清，平静地泛出晶莹的光，恰如"明镜"。"双桥"指横跨溪水的上、下两桥。这两条长长的大桥架在溪上，从高楼上远远望去，水中桥影幻映出奇异的色彩，像天上两道彩虹。这两句对仗工整，比喻恰切，色彩明丽。诗人对景色的喜爱之情毕现。颈联说：橘林柚林寒凉地掩映在炊烟里，苍黄的秋色染上衰老的梧桐。诗人登高远望，在随意点染中勾勒出一片深秋的景色。他不仅描绘了秋景，而且写出了秋意。"寒""老"两字，包含着秋老、人老的悲凉。尾联说：还有谁会想着来谢朓北楼上，迎着萧飒的秋风怀念谢朓公。这一联和首联呼应，从登临到怀古，点出自己"临风怀谢公"的心情是旁人所不能理解的。

临洞庭上张丞相

孟浩然

bā yuè hú shuǐ píng　　hán xū hùn tài qīng
八月湖水平，涵虚混太清。

qì zhēng yún mèng zé　　bō hàn yuè yáng chéng
气蒸云梦泽，波撼岳阳城。

yù jì wú zhōu jí　　duān jū chǐ shèng míng
欲济无舟楫，端居耻圣明。

zuò guān chuí diào zhě　　tú yǒu xiàn yú qíng
坐观垂钓者，徒有羡鱼情。

◎ **注释**

①〔张丞相〕即张九龄，为唐玄宗时名相。②〔涵虚〕包含天空，指天倒映在水中。③〔太清〕天空的代称。④〔云梦泽〕我国古代巨大的湖泊沼泽区。⑤〔耻圣明〕愧对当今圣明之世。⑥〔羡鱼〕古语有"临渊羡鱼，不如退而结网"。此处羡鱼，意指羡慕钓叟钓鱼多，暗示作者空有从政愿望却无人推荐。

◎ **译文**

八月洞庭湖水涨与岸齐平，水天一体迷蒙接连太空。云梦泽水气蒸腾，茫茫一片，波涛汹涌像要把岳阳城撼动。我想渡水苦于找不到船和桨，圣明时代闲居实在羞愧难容。闲坐观看别人临河垂钓，只有空空羡慕别人得鱼的心情。

◎ **赏析**

这首仄起、首句入韵的五律是一首干谒诗。诗人写这首诗的目的是得到当时身居相位的张九龄的赏识和录用，写得很委婉。首联说：八月洞庭湖水涨与岸齐平，水天一体迷蒙接连太空。开头两句，把洞庭湖写得极其开阔，暗含称赞张丞相有宽广胸怀之意。颔联承接首联实写湖：云梦二泽水气蒸腾茫茫一片，波涛汹涌像要把岳阳城撼动。"气蒸"句写广大的沼泽地带，都受到湖的滋养哺育，才显得那样草木繁茂，郁郁苍苍。"波撼"两字写湖的澎湃动荡，也极为有力。这两句被称为描写洞庭湖的名句。诗人笔下的洞庭湖不仅蕴蓄丰厚，而且还充满动感，仍旧是明写洞庭湖，暗赞张丞相。颈联说：我想渡水苦于找不到船和桨，圣明时代闲居实在羞愧难容。"欲济"，是从眼前景物触发出来的。诗人面对浩浩的湖水，想到自己还是在野之身，要找出路却没有人推荐，正如想渡过湖去却没有船只一样。"耻圣明"，是说在这个"圣明"之世，自己不甘心平淡地活着，要出来做一番事业。这两句是向张丞相表白心事，公开请托。尾联再进一步，向张丞相发出呼吁：闲坐观看别人临河垂钓，只有空空羡慕别人得鱼的心情。"垂钓者"暗喻当朝执政的人，其实就是指张丞相。意思是说：张大人哪，您能出来主持国政，我是十分钦佩的，不过我是在野之身，不能替您效力，只有徒然表示钦羡之情罢了。诗人巧妙地运用了"临渊羡鱼，不如退而结网"的古语，另翻新意，而且"垂钓"也正好同"湖水"照应，是在用隐喻的方式委婉地表达诉求。这首诗继承了自《诗经》以来的比兴手法，借景抒怀，既描绘出洞庭湖的大美，又表现出自己的志向和诉求。

过香积寺

王 维

bù zhī xiāng jǐ sì　　shù lǐ rù yún fēng
不 知 香 积 寺，数 里 入 云 峰。

gǔ mù wú rén jìng　　shēn shān hé chù zhōng
古 木 无 人 径，深 山 何 处 钟？

quán shēng yè wēi shí　　rì sè lěng qīng sōng
泉 声 咽 危 石，日 色 冷 青 松。

bó mù kōng tán qū　　ān chán zhì dú lóng
薄 暮 空 潭 曲，安 禅 制 毒 龙。

◎ 注释

①〔香积寺〕又名开利寺，在长安县（今陕西西安）南神禾原上。②〔钟〕寺庙的钟鸣声。③〔咽〕呜咽。④〔危石〕危，高的，陡的。"危石"意为高耸的崖石。⑤〔安禅〕和尚坐禅时，身心安静入于禅定的状态。毒龙：佛家比喻俗人的邪念妄想。

◎ 译文

不知道香积寺到底在什么地方，攀登好几里只见云涌群峰。古木参天却没有人行路径，深山里何处传来古寺钟鸣。山中泉水撞高石响声幽咽，松林里日光照进也觉寒冷。黄昏时来到空潭曲折之地，安然地禅定抑制邪念妄生。

◎ 赏析

这首平起、首句不入韵的五律是一首记游诗。首联说：不知道香积寺到底在什么地方，攀登好几里只见云涌群峰。诗题所谓"过香积寺"，即访香积寺。但访香积寺，却又从"不知"说起，起得不同凡响。因为"不知"，诗人便步入云涌群峰中去寻找，从而表现香积寺之深藏幽邃。领联说：古木参天却没有人行路径，深山里何处传来古寺钟鸣。"何处"二字，把由于山深林密，使人不知钟声从何而来的情状写了出来。有小径而无人行，听钟鸣而不知何处，周遭是参天的古树和层峦叠嶂的群山，诗人由此创造出一个神秘幽静的禅意境界。颈联说：山中泉水撞高石响声幽咽，松林里日光照进也觉寒冷，仍然在表现环境的幽冷，写声写色，逼真如画。"咽"字准确地写出泉水在嶙峋的岩石间艰难地穿行，发出幽咽之声。傍晚的日光照在一片幽深的青松上，让人觉得有空翠之"冷"，真是妙绝！尾联说：黄昏时来到空潭曲折之地，安然地禅定抑制邪念妄生。"安禅"为佛家术语，指身心安然进入清寂宁静的境界。而"毒龙"多用来比喻俗人的邪念妄想。见《涅槃经》："但我住处有一毒龙，想性暴急，恐相危害。"这首诗采用由远到近、由景入情的写法，从"入云峰"到"空潭曲"逐步接近香积寺，最后则吐露"安禅制毒龙"的心思。这中间过渡毫无痕迹，浑然天成。全诗不写寺院，而寺院已在其中。诗歌构思奇妙、炼字精巧，其中"泉声咽危石，日色冷青松"，历来被誉为炼字典范。《唐诗摘钞》称赞此诗："幽处见奇，老中见秀，章法、句法、字法皆极浑浑，五律无上神品。"

送郑侍御谪闽中

高适

zhé qù jūn wú hèn　mǐn zhōng wǒ jiù guō
谪去君无恨，闽中我旧过。

dà dū qiū yàn shǎo　zhǐ shì yè yuán duō
大都秋雁少，只是夜猿多。

dōng lù yún shān hé　nán tiān zhàng lì hé
东路云山合，南天瘴疠和。

zì dāng féng yǔ lù　xíng yǐ shèn fēng bō
自当逢雨露，行矣慎风波。

◎ 注释

① 〔侍御〕官名。郑侍御为高适的朋友。② 〔谪〕贬谪。③ 〔无恨〕不要怨恨。无，通"毋"。④ 〔闽中〕今福建省福州市。⑤ 〔旧过〕以往曾经到过的地方。⑥ 〔大都〕大多是。⑦ 〔南天〕指闽南。⑧ 〔瘴疠〕南方山林间的毒气和瘟疫。⑨ 〔自当〕终当，终究会。⑩ 〔雨露〕喻指皇帝的恩泽、恩惠。

◎ 译文

你因罪被贬不要忧伤，我以前也去过闽中。那里过冬的秋雁少，夜间只有猿声哀鸣。东行都是高山峻岭，南方山林中的瘴疠很凶。你一定会得到圣上的恩赦，路上风波危险小心前行。

◎ 赏析

这首仄起、首句不入韵的五律，是诗人写给朋友的送别诗。郑侍御因为犯了过失而被贬放到当时被认为是蛮荒之地的福建去，高适写了此诗为之送别。诗的首联从朋友被贬说起，安慰朋友不要过度伤怀，并且说自己从前也去过闽中。颔联向朋友如实地介绍那里荒僻的环境。"夜猿多"暗用郦道元《水经注·三峡》中所引民谣"巴东三峡巫峡长，猿鸣三声泪沾裳"之意，强调闽中的悲凉。颈联指出：东行都是云山峻岭，南方山林中的瘴疠很凶。"云山合"，有云雾笼罩众山的意思。"瘴疠和"，是说瘴疠之气也会和山中云雾一起来害人。尾联宽慰朋友：你一定会得到圣上的恩赦，路上风波危险小心前行。"雨露"指皇帝恩典。"慎风波"，叮嘱朋友一路要小心谨慎。这首诗写了诗人对朋友的安慰、忠告和劝勉。劝勉朋友不是一味安慰他，而是真实地指明他将要去的地方的荒僻和险恶，让他做好思想准备，要谨慎小心。这才是发自内心的真正关怀。

秦州杂诗

杜 甫

fèng lín gē wèi xī　　yú hǎi lù cháng nán
凤 林 戈 未 息， 鱼 海 路 常 难。

hòu huǒ yún fēng jùn　　xuán jūn mù jǐng gān
候 火 云 峰 峻， 悬 军 幕 井 干。

fēng lián xī jí dòng　　yuè guò běi tíng hán
风 连 西 极 动， 月 过 北 庭 寒。

gù lǎo sī fēi jiàng　　hé shí yì zhù tán
故 老 思 飞 将， 何 时 议 筑 坛？

◎ 注释

①〔秦州〕今甘肃省天水市，是唐代西北边防要地。②〔杂诗〕指题材不定、有感而写的诗。③〔凤林〕即凤林关，在秦州境内。④〔戈〕干戈，战争。⑤〔鱼海〕秦州辖内的地名，当时为吐蕃所占领。⑥〔候火〕亦作堠火，即烽火。⑦〔云峰峻〕像一座高高的山峰。⑧〔悬军〕深入敌境的孤军。⑨〔幕井干〕用布所覆盖的井中，水已干竭。幕，覆盖。⑩〔北庭〕唐时曾设北庭都护府。⑪〔飞将〕西汉时飞将军李广，骁勇善战，为西汉名将。此处暗指被罢官闲居京师的大将郭子仪。⑫〔议〕计议，商议。⑬〔筑坛〕指任命将领戍边。古代任命大将为主帅，要筑坛举行仪式以示慎重威严。刘邦就曾筑坛拜韩信为大将军。

◎ 译文

凤林关的战乱还没有平息，鱼海的道路险恶，行军艰难。烽火浓烟像一座座高高的山峰，孤军深入敌境，井中的水已干。朔风猛吹，西部边境也被撼动，边庭寒冷，月光也生寒气。百姓思念累立边功的飞将军，但何时才能再拜将筑坛？

◎赏析

这是一首平起、首句不入韵的五律。唐肃宗乾元二年（759年）秋天，杜甫为避兵灾天荒，决意弃官远行。他携眷西行，历尽千辛万苦来到了秦州。杜甫将这一切用诗歌的形式记载下来留给后人，这就是著名的《秦州杂诗》二十首。此诗为第十九首。首联说：风林关的战乱还没有平息，鱼海的道路险恶行军艰难。这一联对仗句勾画出当时社会环境的险恶。颔联承上说：烽火浓烟像一座座高高的山峰，深入敌境的孤军井中的水已干，形容孤军陷入绝境。颈联笔锋一转，写战场风月：朔风猛吹，西部边境也被撼动，边庭寒冷，月光也生寒气。风是朔风，月是寒月。诗人用此勾画出西部边境紧张、悲壮的战场气氛，也流露出内心对这场战争的关切。尾联说：百姓思念累立边功的飞将军李广，但何时才能再筑坛拜将。此处用李广暗指被罢官闲居京师的大将郭子仪，表现出百姓对平息战乱的期盼，也隐含着对朝廷用人不当的谴责。

禹　庙

杜　甫

yǔ miào kōng shān lǐ，qiū fēng luò rì xié
禹　庙　空　山　里，秋　风　落　日　斜。

huāng tíng chuí jú yòu，gǔ wū huà lóng shé
荒　庭　垂　橘　柚，古　屋　画　龙　蛇。

yún qì shēng xū bì，jiāng shēng zǒu bái shā
云　气　生　虚　壁，江　声　走　白　沙。

zǎo zhī chéng sì zài，shū záo kòng sān bā
早　知　乘　四　载，疏　凿　控　三　巴。

◎注释

①〔禹庙〕指忠州禹庙。故址在今重庆市忠县南临江的山崖上。②〔虚

壁〕石壁经禹疏凿开断之处。③〔四载〕传说大禹治水时用的四种交通工具，即水行乘舟，陆行乘车，山行乘檋（léi），泥行乘橇。檋，登山的用具。橇，形如船而短小，两头微翘，人一脚踏橇而行泥上。④〔三巴〕长江流经忠州一带曲折如"巴"字，其地分为巴都（今重庆巴南区以东至忠县）、巴东（今重庆云阳、奉节等地）、巴西（今四川阆中）。此处代指整个长江流域。

◎**译文**

大禹庙坐落在空阔的山里，秋风伴着落日的斜照。荒凉的庙院垂着橘柚，古屋的壁上画着龙蛇咆哮。蒸腾的云气在石壁上缭绕，深深的江水卷着白沙怒号。早知道大禹乘四载凿山疏河道，让他来降服三巴地区的龙蛟。

◎**赏析**

这是一首仄起、首句不入韵的五律。诗中写的禹庙建在忠州临江的山崖上。杜甫在代宗永泰元年（765 年）出蜀东下，途经忠州时，参谒了这座古庙。首联说：大禹庙坐落在空阔的山里，秋风伴着落日的斜照。开门见山，起笔便令人森然、肃然。一个"空"字，点出禹庙的荒凉；加以秋风落日的渲染，气氛更觉萧森。颔联说：荒凉的庙院里垂着橘柚，古屋的壁上画着龙蛇。庙内，庭院荒芜，房屋古旧，不免让人更感凄凉。但"垂橘柚""画龙蛇"分明又含着生机。这既是眼前实景，又暗含着对大禹的歌颂。据《尚书·禹贡》载，禹治洪水后，九州人民得以安居生产，远居东南的"岛夷"之民也把丰收的橘柚包裹好进贡给禹。又传说，禹"驱龙蛇而放菹"，使龙蛇不再兴风作浪。这两个典故正好配合着眼前景物，使人不觉诗人是在用典。前人称赞这两句"用事入化"，是"老杜千古绝技"（《诗薮·内篇》卷四）。颈联说：蒸腾的云气在石壁上缭绕，深深的江水卷着白沙怒号。庙内和庙外之景，山水磅礴的气势和大禹劈山倒海的气魄相叠合，描绘出壮美的画面。尾联赞叹道：早知道大禹乘"四载"凿山疏河道，让他来降服三巴地区的龙蛟。唐王朝自"安史之乱"后，长期战乱，像洪水横流，给人民带来了无边的灾难。诗人借缅怀大禹，暗讽当时祸国殃民的昏庸朝廷。此诗语言凝练，意境深邃。诗人通过远望近观，采用虚实结合、拟人传神等手法，收到了情景交融、韵味悠长的艺术效果，讴歌了大禹治水泽被万代的丰功伟绩，同时也将缅怀英雄、爱国忧民的思想感情抒发出来。

望秦川

李颀

秦川朝望迥，日出正东峰。

远近山河净，逶迤城阙重。

秋声万户竹，寒色五陵松。

有客归欤叹，凄其霜露浓。

◎ **作者简介**

李颀（？—753），字、号均不详，望出赵郡（今河北赵县）。盛唐诗人。少时家居颍阳（今河南登封）。开元十三年（725年）中进士。他的诗以边塞诗成就最大，奔放豪迈，最著名的有《古从军行》《古意》《塞下曲》等。李颀还善于用诗歌来描写音乐和塑造人物形象。他以长歌著名，也擅长短诗，其七言律诗尤为后人所推崇。《全唐诗》中录存李颀诗三卷，后人辑有《李颀诗集》。

◎ **注释**

①〔秦川〕泛指今秦岭以北的平原地带。按此诗中意思指长安一带。②〔迥〕遥远貌。③〔逶迤〕连绵不断。④〔归欤叹〕思归故乡所发出的感叹。⑤〔凄其〕凄然，心情悲凉的样子。

◎译文

　　我清晨东望，秦川已经很远，太阳正冉冉升起在东峰。远近的山河明丽清净，可清楚地看见蜿蜒曲折的长安城。秋风摇响家家户户的竹林，五陵一带是一片寒青色高松。我不禁感叹：还是回去吧，这里霜风阴冷，寒露浓浓。

◎赏析

　　这是一首平起、首句不入韵的五律。李颀出身于唐朝士族赵郡李氏，但中进士后仅任新乡县尉之类的小官，经五次考绩，未得迁调。晚年辞官归隐故乡。这首诗是他晚年官场失意而离别长安途中写的。首联由"望"字入手，描述了长安附近渭河平原一带风光：我清晨东望秦川已经很远，太阳正冉冉升起在东峰。颔联继续写景：远近的山河明丽清净，可清楚地看见蜿蜒曲折的长安城。旭日东升，山河互映，明亮洁净，而长安都城则随山势而逶迤曲折，尤显气势雄伟。这两联既写出秦川的广阔视野，又衬托出长安城的巍峨雄姿。颈联一转，着重写秋：秋风摇响家家户户的竹林，五陵一带是一片寒青色高松。诗中对秋景的描写笔墨简淡，线条清晰，像一幅散淡悠远的山水画卷。诗人重点写竹和松，虽有点儿悲凉，但也暗喻着不屈的气节。尾联发出感慨：还是回去吧，这里霜风阴冷、寒露浓浓。诗人才华出众，为时人所推重，却长期不得升迁，而如今将要返乡，才有"归欤"之叹，表明了作者辞官归隐的决心。这首诗，对秋景的描述极为生动细致，悲凉但又雄丽，失意却不颓唐。诗人虽仕途不进，决心退隐，却仍坚持松竹般的高尚节操。

同王征君湘中有怀

张 谓

bā yuè dòng tíng qiū　　xiāo xiāng shuǐ běi liú
八 月 洞 庭 秋 ， 潇 湘 水 北 流 。

huán jiā wàn lǐ mèng　　wéi kè wǔ gēng chóu
还 家 万 里 梦 ， 为 客 五 更 愁 。

bú yòng kāi shū zhì　　piān yí shàng jiǔ lóu
不 用 开 书 帙 ， 偏 宜 上 酒 楼 。

gù rén jīng luò mǎn　　hé rì fù tóng yóu
故 人 京 洛 满 ， 何 日 复 同 游 ？

◎ 作者简介

张谓（？—约778），字正言，河内（今河南沁阳）人。盛唐诗人。天宝二年（743年）登进士第，乾元中为尚书郎，大历年间任潭州刺史，后官至礼部侍郎，三典贡举。其诗辞精意深，讲究格律，诗风清正，多饮宴送别之作。代表作有《早梅》《邵陵作》《送裴侍御归上都》等，其中以《早梅》最为著名，《唐诗三百首》等各选本多有辑录。《全唐诗》编其诗一卷。

◎ 注释

①〔王征君〕姓王的征君，名不详。征君，对不接受朝廷征聘做官的隐士的尊称。②〔北流〕湘江与潇水在零陵县西汇合后，向北流入洞庭湖，故称北流。③〔书帙〕书卷的外套。④〔偏宜〕只适宜。⑤〔京洛〕京城长安和洛阳。

◎ 译文

八月的洞庭湖正值清秋，潇湘江水滔滔向北流。关山万里做着回家梦，他乡为客难耐五更乡愁。不用打开书卷细细品读，而应该开怀畅饮醉卧酒楼。长安、洛阳满是亲朋故友，什么时候能再与他们同游？

◎ **赏析**

这是一首仄起、首句入韵的五律。这首诗写思乡，是唐肃宗乾元元年（758年）作者任尚书郎时出使夏口，与诸子泛舟洞庭的唱和之作。首联即扣紧题意：八月的洞庭湖正值清秋，潇湘江水滔滔向北流。对景起兴，点明时间。诗人看到湘江北去，联想到自己还不如江水，滞留南方，而不能北归。因此，这两句既是写景，也是抒情，引发了下文怀人念远之意。颔联说：关山万里做着回家梦，他乡为客难耐五更乡愁。这两句直抒胸臆，不事雕琢，对仗工整自然。"万里梦"点明空间，神思万里，极言乡关遥远，此为虚写。"五更愁"点明时间，整夜苦愁，极言忆念之深，此为实写。颈联一转，以正反夹写的句式进一步抒发自己的愁情：不用打开书卷细细品读，只应该开怀畅饮、醉卧酒楼。翻开喜爱的书籍也禁不住思乡之情，登酒楼而醉饮或者可以忘忧。这些含意诗人并没有明白道出，而是隐藏在诗中。登楼把酒，应该有友朋相对才是，然而诗人现在却是把酒独酌，即使是"上酒楼"也无法排解一个"愁"字。于是，尾联就把自己的愁情明写出来：长安、洛阳满是亲朋故友，什么时候能再与他们同游？从全诗来看，没有华丽的辞藻和过多的渲染，信笔写来，流水行云，悠然隽永，平易中蕴深远，朴素中见高华。所以北宋诗人梅圣俞说："作诗无古今，唯造平淡难。"（《读邵不疑学士诗卷》）清雅有风骨，素淡出情韵，张谓这首诗做到了。

渡扬子江

丁仙芝

guì jí zhōng liú wàng　　kōng bō liǎng pàn míng
桂 楫 中 流 望 ， 空 波 两 畔 明 。

lín kāi yáng zǐ yì　　shān chū rùn zhōu chéng
林 开 扬 子 驿 ， 山 出 润 州 城 。

hǎi jìn biān yīn jìng　　jiāng hán shuò chuī shēng
海 尽 边 阴 静 ， 江 寒 朔 吹 生 。

gèng wén fēng yè xià　　xī lì dù qiū shēng
更 闻 枫 叶 下 ， 淅 沥 度 秋 声 。

◎作者简介

丁仙芝，字元祯，生卒年不详，润州曲阿（今江苏丹阳）人。唐代诗人。唐开元十三年（725年）登进士第，仕途颇波折，至开元十八年仍未授官，后历仕主簿、余杭县尉等职。好交游。其诗仅存十四首。

◎注释

①〔扬子江〕流经扬州、镇江一带的长江称扬子江。②〔桂楫〕用桂木做的桨。此处代指船。③〔中流〕江流之中，指江心。④〔扬子驿〕设在扬子津的驿站，故址在今江苏省江都区南。⑤〔润州〕唐代州名，治所在丹徒，即今江苏省镇江市。⑥〔海尽〕海的尽头。⑦〔阴静〕阴凉寂静。

◎译文

船行到江心的时候抬头远望，辽阔的水面映照出两岸的风景。走出树林就能见到扬子驿，对面的润州城则矗立在群山中。大海的尽头阴暗幽静，江面上北风吹起，寒意顿生。听枫叶一片片被吹落，淅沥淅沥都是秋天之声。

◎赏析

这是一首仄起、首句不入韵的五律。（首句第二字"楫"今读jí，阳平声，但旧读入声叶韵，故为"仄起"。）此诗写的是秋景，是诗人从长江北岸的扬子驿坐船渡江到南岸时的感怀之作。首联说：船行到江心的时候抬头远望，辽阔的水面映照出两岸明丽的风景。颔联承接说：驶过树林就能见到扬子驿，对面的润州城则矗立在群山中。船儿随波漂流，晚秋的天空与水都很清净，扬子驿在树林中闪现，山中的润州城也出现在眼前。"开"和"出"两个动词，让扬子驿和润州城主动来到眼前，生动表现出船移景出的情境。颈联说：大海的尽头阴暗幽静，江面上北风吹起，寒意顿生。诗人视线由两岸转向前方，感觉到江上北风的寒意。尾联由视觉转为听觉：听枫叶一片片被吹掉落，淅淅沥沥都是秋声。全诗以"船渡"贯通全篇，写出船上所见所闻，描画出秋江上所见的情景。全诗写秋景、秋声，从船上人的视觉、听觉入手，这也是它不同于其他秋景诗的地方。画面清新，构思巧妙。但细读可以察觉，前两联描绘的风光比较明丽，后两联则有了变化，"阴静""寒朔"，再加上落下的枫叶和淅沥的秋声，阴寒之气顿生。诗人似乎怕来到对岸。至于他为什么渡江，为什么感觉到寒意，诗中没有写，这也许是诗人留给我们的思考吧。

幽州夜饮

张 说

liáng fēng chuī yè yǔ　　xiāo sè dòng hán lín
凉 风 吹 夜 雨， 萧 瑟 动 寒 林。

zhèng yǒu gāo táng yàn　　néng wàng chí mù xīn
正 有 高 堂 宴， 能 忘 迟 暮 心。

jūn zhōng yí jiàn wǔ　　sài shàng zhòng jiā yīn
军 中 宜 剑 舞， 塞 上 重 笳 音。

bú zuò biān chéng jiàng　　shuí zhī ēn yù shēn
不 作 边 城 将， 谁 知 恩 遇 深？

◎**注释**

①〔幽州〕唐代州名。辖今北京、天津一带，治所在蓟州。②〔高堂宴〕在高大的厅堂里举办的宴会。③〔迟暮心〕因衰老引起暗淡的心情。④〔剑舞〕即舞剑。⑤〔重〕看重，重视。⑥〔边城将〕作者自指。当时张说任幽州都督。

◎**译文**

晚上凉风吹起绵绵细雨，萧瑟风雨摇动寒冷的树林。军中的高大厅堂上正在举行宴会，能使我暂时忘掉迟暮之心。军中最适于仗剑而舞，边塞的音乐是胡笳的悲音。如果我不做这边城的将领，怎能知道皇上对我的恩遇之深？

◎**赏析**

这是一首平起、首句不入韵的五律。全诗以"夜饮"为中心紧扣题目。首联描写"夜饮"环境，渲染气氛：晚上凉风吹起绵绵细雨，萧瑟风雨摇动寒冷的树林。正值秋深之时，在幽州边城的夜晚，风雨交加，吹动树林，一片萧瑟之声，表现出边地之夜的荒寒景象。在这样的环境中，诗人悲愁的心绪已经见于言外。颔联承接进入"夜饮"场景：军中的高大厅堂上正在举行宴会，能使我暂时忘掉迟暮之心。这种迟暮衰老之感，在边地竟是那样强烈，挥之不去，即使是面对这样的"夜饮"，也很难排遣。诗中化用了屈原《离骚》中的名句"惟草木之零落兮，恐美人之迟暮"，将诗人心意表达得婉曲、深沉。颈联说：军中最适于仗剑而舞，边塞的音乐是胡笳的悲音。当宴会开始并逐渐进入高潮时，诗人的情绪也随之激昂。军士们舞起剑来，吹奏起胡笳伴奏，使席间呈现悲壮的情调。这笳音与诗人的戍边之情、迟暮之感融合起来，豪壮中寓含着悲凉。尾联说：如果我不做这边城的将领，怎能知道皇上对我的恩遇之深？结语似有怨意，英雄已迟暮，但还不能还乡，这究竟是恩遇还是惩戒呢？它与首联荒寒的边塞之景恰成对照，相得益彰。首尾照应，耐人回味。这首诗在语言上遒健质朴，无华丽之辞，遣词用字也十分精当，千百年来广为流传。